書下ろし

ダブル・カルト

警視庁音楽隊・堀川美奈

沢里裕二

祥伝社文庫

目次

序章　ミッドナイトシャッフル　5
第一章　1／2の神話　31
第二章　雨が叫んでいる　80
第三章　あなたに逢えてよかった　122
第四章　デザイア　174
第五章　ロックンロール・ウィドウ　217
第六章　ギンギラギンにさりげなく　251

序章　ミッドナイトシャッフル

1

事件現場には大勢の刑事が集まっているのが常で、森田明久《もりたあきひさ》が歌舞伎町《かぶきちょう》に辿りついたときには、規制テープの周囲は同業者でごった返していた。ほとんどが取りあえずやってきた各部署の刑事たちで、野次馬に等しい。警視庁組織犯罪対策部暴力団対策課情報収集係の森田などは、その最たる者であろう。他の刑事の動きを探りに来たようなものなのだから。

真夜中とあって、路上にはいくつもの投光器が置かれ地面を煌々《こうこう》と照らしていた。

現場は花道《はなみち》通りと区役所《くやくしょ》通りが交叉するいくつか手前の交差点。

午前三時のことだ。

先に来ている刑事たちを掻《か》き分け、規制テープの内側を覗くとチョークで描かれた人型があった。その周囲を透明なキャップを被《かぶ》った鑑識官たちが、文字通り地を這《は》いながら捜査している。

コンクリート道路のあちこちに血痕《けっこん》が飛び散っていた。

遺体はすでに運ばれた後のようだ。

森田はほっとした。組対部《マルボウ》の刑事だからといって、凄惨な遺体を見慣れているわけではない。むしろ暴力団同士の喧嘩のほうが、青痣や多少の出血はあるにせよ、まだましなのだ。ヒットマンの仕事であれば傷は急所の一か所であることが多い。

今回のような飛び降りと、列車による轢死《れきし》が、一番見たくない遺体だ。

特にこの手の現場は、頭が割れて脳漿《のうしょう》が飛び散っていることが多く、殺人現場よりも凄惨であったりする。

周囲は素人《しろうと》の野次馬も群がっていた。

「近頃、よく空から人が降ってくるんだよな。一日中、上見て歩いてねぇと怖くてたまんねぇ」

「今月、このビルでふたりめじゃね？」

歌舞伎町という魔界に巣食う常連客たちのようである。ビルを見上げていた。

新宿《しんじゅく》東《ひがし》署の地域課と交通課の制服警官たちが、声を張り上げて、そんな野次馬を規制線から遠ざけていた。

刑事たちの輪の中にいた森田は、いきなり背中を叩かれた。

「わざわざ警視庁《ホンシャ》が覗きに来る現場でもねーだろ？　なぁ森田くーん」

ドスの利いた声だ。

振り返ると、極悪人のような顔をした男が立っていた。

新宿東署の組織犯罪対策課刑事、後藤正信《ごとうまさのぶ》だ。

担当は薬物。歌舞伎町担当二十年だけあって、よれた黒いスーツが街に溶け込んでいる。卒配（警察学校の卒業配置）で新宿東署に回った際に、後藤の下に付いたことがある。わずか二か月だけのことだが、この刑事がいかに歌舞伎町に根を張っているかを見せつけられた。

「ご無沙汰しております。臨場《りんじょう》するのが任務みたいなものですから。自分らは聞いているだけです」

森田は警視庁組織犯罪対策部暴力団対策課。その情報収集係刑事だ。

「おまえんとこ、この辺りに挿し込んでいるのか」

後藤が声を潜め、鋭い視線を寄こした。声を潜めてくれただけありがたい。

「通常の臨場です。ここに入っているかどうかなど、自分にもわかるわけないじゃないですか。先輩、入れ込みはトップしか知らないのご存じでしょう」

この場合の『入っている』は潜入捜査を指す。

森田の所属する情報収集係とは、暴対課の中でも限りなく公安部や内閣情報調査室に近い任務をする部門だ。諜報や工作の対象が暴力団、準暴力団に限定されているだけの違いだ。情報収集と言えばソフトなイメージだが、実際はスパイ活動だ。

指定暴力団や準暴の半グレ集団に潜っている者もいれば、歌舞伎町や上野《うえの》のような暴力の舞台になりがちな街に、バーテンダーやホステスとして潜伏している捜査員もいる。

当然、それらの刑事は桜田門《さくらだもん》の人事データから消え『オヤジ』と呼ばれる、これまた誰も知らない特殊管理官とだけ連絡を取り合うことになる。

森田ら公然捜査員は、短期のモグリはあっても年単位の作業にはつかない。諜報界で言うところのスリーパーは、警察官になる以前からスカウトされているとされる。自分たちが知る由もない。

「飛び降り自殺、確定かい。確定だったら早くそう言ってくれよ、鑑識さん」

警視庁の捜査一課《ソウイチ》を示す赤バッジをつけた三十代風が、腰を上げたばかりの鑑識官に毒づいていた。

「そんなの下だけ見たってわかるわけないだろう。飛んだところのほうに聞いてくれ。自分で飛んでも、誰かに押されてても、コンクリートに頭がぶち当たっている状況は同じよ」

鑑識官がビルの屋上を指差した。

ホストクラブの看板がずらりと並んでいる。この辺りは通称ホスクラビルと呼ばれる、全館がホストクラブだらけになっているビルが林立している。

キャバクラや風俗店が多いさくら通りやあずま通りと異なり、ホストクラブ一色に染まっている。

どの看板もテレビに出ているアイドル以上の美形の男たちで『今夜は俺と』みたいなキャッチフレーズ付きだ。

交叉点に面したビルから、女が飛び降りたようだ。

「ちっ、上はまだ時間がかかるのかよ」

捜査一課は舌打ちしながら、寒さしのぎの足踏みをした。

ひとたび事件のアナウンスが流れると、そこには多数の部署から刑事が集まってくる。特に歌舞伎町での事案の場合は、交通事故でも、交通課の他に、刑事課、組対課、生活安全課の刑事がどっとやってくる。公安刑事も、どこかからこっそり覗いているとさえ言われている。まるで刑事のオールスター戦だ。

なぜか。

その事案が、様々な犯罪へ発展する可能性があるためだ。歌舞伎町では車同士の衝突事故でも薬物事案に繋がることはざらにある話で、破損車両から盗品がごっそり出てくることもある。トランクを開けたら、両手両足を縛られた男が発見されることもあれば、金塊や億を超える札束、さらに高額絵画が出る場合もある。

したがって刑事部は特殊詐欺を受け持つ捜査二課、窃盗担当の捜査三課もやってきて揃い踏みとなる。

本件はホストクラブビルからの女性の転落死だ。歌舞伎町では、ビルから人が降ってくることは珍しくはないが、近頃は女性の飛び降りが多い。

だいたいがホストに入れ上げた風俗嬢が、恋に狂ってというパターンだ。

後藤が年配の鑑識官に接近した。森田としては聞き耳を立てるチャンスだった。

「なぁ平泉《ひらいずみ》さん。ひとつだけ見立てを教えてくれねぇか」

後藤がよく知っている鑑識官らしい。

「ちっ、ごっちゃんかよ。しょうがねぇな。こっちからだ」

わざと斜めを向いて、聴覚だけを研ぎ澄ましていた森田の頭が、ガツンと叩かれた。後藤の拳骨《げんこつ》だった。

「痛いっ」

森田は頭を押さえてしゃがみこんだ。

「若造。盗み聞きなんかしてんじゃねぇ」

それが任務だとは返せなかった。情報収集係はどの部署からも嫌われているのだ。森田はやむを得ず離れた。

平泉が後藤の耳に口を近づけた。

「遺体の血液に試薬を垂らしたら、陽性が出た。ただしあくまで簡易検査だ。インフルエンザでも反応することはある。現場での確認はその程度までだ。覚醒剤とは決めきれない」

「なるほど。そうですかい。平泉さん参考になったよ。これ、少ないけど取っておいてくれよ」

後藤が低い声で言い、まるで賄賂《わいろ》でも渡すような仕草で電車の切符のようなものを、平泉の掌《てのひら》に握らせた。

「ラーメンか。遠慮なくご馳走になる」

新宿東署の職員食堂の食券だったようだ。

後藤は、静かに刑事たちの群れから離れた。隣のビルのエントランスに向かっている。

森田は習性として、後藤を追った。

「先輩、薬物がらみと見ましたね」

隣のビルのエレベーター前に立ったところで背中から声をかけた。

「手土産《てみやげ》はあるのか？」

森田は背広のポケットから財布を抜き出した。警視庁内職員食堂のプリペイドカードを抜く。

「まだ二千六百円ほど残っています」

日替わり定食三回は食える。

「タコッ。俺が警視庁《ホンシャ》に行くことなんかねぇよ。ってかそういう手土産じゃねぇだろう。俺も無駄にお前に声をかけたわけじゃねぇ」

後藤が本音を言った。ここまでの後藤の一連の行動は、警視庁組対部の情報収集刑事を誘《おび》き寄せるためだったようだ。

「入れ込みだったら本当に知りませんよ」

そんなことは後藤も知ってのはずだ。

「そうじゃねぇ。昇竜《しょうりゅう》連合の大坂悟《おおさかさとる》の居場所だ。そっちから掴《つか》んでいるんだろう」

「うーん」

森田は長い溜息をついた。

大坂悟は、歌舞伎町で北朝鮮産の覚醒剤を捌《さば》いていた元売りだ。

中国と韓国のハーフで歌舞伎町生まれ、小学生の頃から売人《プッシャー》をしていたという。生粋《きっすい》の売人だ。年齢は現在、三十三歳とされている。

ちょうど三年前、大坂が北京《ペキン》経由で『キム・ミサイル』と呼ばれる最高品質の覚醒剤を大量に持ち込んだという情報を得た。

北朝鮮が外貨稼ぎのために、秘密裏に国営工場を造って、最高純度の覚醒剤を精製したといわれるものだ。

純度が高すぎて少量で多幸感を得るがその分、脳が破壊されるのも早いとされる。

情報の出どころは、歌舞伎町の老舗《しにせ》任俠団体だ。薬物には手を出さない、どちらかと言えば与党ヤクザだ。

だが、大坂はその情報の直後に忽然《こつぜん》と姿を消している。おりから世界中にコロナウイルスがオーバーシュートした時期で、捜査の足は鈍った。

ブツは本当に入ったのか。

大坂はどこに消えたのか。

いまだに判明していない。

ただ、歌舞伎町から超大物元売りが消えたということだ。

薬物捜査では、元売りを割り出し逮捕の機会を得ることなどめったにない。せいぜいが仲卸《なかおろし》までだ。

後藤が様々な売人や仲卸をわざわざ泳がせて、ようやく歌舞伎町でNPO法人『ハートネットワーク』を運営する大坂悟にたどり着いたのは、組対部《マルボウ》では有名な話だ。

このNPO法人は、歌舞伎町で働く男女や家出少女たちの悩みを聞き、保護するためのいわばボランティア集団だったという。

だがその実態は売人の養成機関だったようだ。

保護した『病める者たち』をマインドコントロールし、売人に仕立てていたのだ。

ただし、三年前、新型コロナウイルスが、流行した直前に、この『ハートネットワーク』は解散している。大坂もスタッフたちも消えてしまった。

北朝鮮の外貨稼ぎとされる国営精製覚醒剤『キム・ミサイル』の存在ははっきりしないままだ。

大坂が消えた直後、与党の国会議員の息子が、覚醒剤使用の容疑で逮捕された。その時三グラムほど所持していたのが、『キム・ミサイル』であった。

『キム・ミサイル』が日本に入ったのは間違いない。覚醒剤の超高級ブランドである。

入手先は、西新宿の高級ホテルに呼んだデリヘル嬢だと供述した。ホテルの防犯カメラからそのデリヘル嬢が割り出されたが、所属先からすでに消えていた。所属事務所は、辞めてしまったデリ嬢の身分証明書の写しをすでに破棄していた。

国会議員は辞職したが、薬物捜査は、それ以上進まなかった。議員の息子ということであれば、永田町《ながたちょう》案件である。議員が辞職という責任を取った以上、与党に忖度《そんたく》しないわけにはいかなかった。

一昨年十月の総選挙で、その議員は議席を回復している。

「大坂は、現在、平壌《ピョンヤン》に逃げ込んだまま、出国できずにいるというのが公安情報です。我々もそれ以上聞き出せていないです。本当です」

森田は手持ちの情報を渡した。公安から得た二次情報でしかない。実際、海外に逃亡された場合は、組対部が得られる情報には限りがある。そこは公安や内調《サイロ》（内閣情報調査室）から引っ張り出してくるしかないのだ。同じ情報系部門として鎬《しのぎ》を削りあっているが部分的には共有することもある。

「とすると、そろそろ戻ってきてもいい頃だな」

後藤が顎《あご》を扱《しご》いた。

エレベーターで最上階へ上がる。

屋上へ上がる内階段への鉄扉の鍵は閉められている。

ここにもホストクラブが二軒入っていた。とうに営業時間は過ぎているはずなのにどちらの店からも、男女の笑い声が聞こえた。

エレベーターに近い方の扉のドアを後藤が蹴った。びくともしない。木製だが堅牢そうだった。

「森田、お前、体当たりしろよ」

「はい？」

「お前のほうが若いんだから、どうにかなるだろうよ」

「いや無理でしょう」

「まずやってみてから言えよ。おまえ体育大の出だろう」

八年前、卒配で付いたときと同じだった。ただあの時は、ヤクザ事務所の扉だったことを思うとまだマシだった。

森田は腹を括《くく》ってやることにした。

一メートルほど下がって、肩から体当たりした。重厚な音はしたが、まるで、歯が立たなかった。

「ちっ」

後藤が腰から特殊警棒を抜き、どんどんと叩いた。甲高《かんだか》く派手な音だ。最初からこうすればよかったのではないかと思う。

「るっせぇんだよ。二部営業は六時からだ」

ホストの野太い声がする。ホスクラに限らず、キャバクラやガールズバーも最近では二部営業が当たり前になったが、風営法で開店時間は午前六時と決められている。

「新宿東署だ。出てこい！」

後藤が言い返す。

「勘弁してくださいよ。営業はしていませんよ」

扉が開いて、声のわりに王子様系の顔をしたホストが出てきた。

「屋上へ上がる扉の鍵を寄こせ。それとこの扉、丁番《ちょうつがい》を外して屋上に持って来い」

後藤が警察手帳を翳《かざ》すと同時に、開いた扉の丁番を撫でていた。全部で四個ついている。

「そんな無茶な」

「てめえら、内階段用の鍵持っているだろう」

「それはありますが、扉はなんでですか」

「説明は後だ。警察に協力する気が、あるのか？」

「いや、扉は無茶でしょう。外してどうする気ですか」

「屋上へ運んで来い。急げ」

後藤はずけずけと言う。

「そんな命令されてもなぁ」

奥のソファからこちらを覗いていた別なホストが、かったるそうに両腕を上に伸ばしながら言った。

その隣には女。二十五ぐらい。いかにも高級そうなテーブルの上でシャンパングラスを並べていた。

「いろいろ面倒くせぇことを言うやつだなぁ。だから協力してくれと言っている。それとも営業時間外に客を入れている現行犯で、逮捕されたいか? 近隣の住民から騒音がうるさいってクレームも入っているんだ。臨検させてもらっていいかな。任意で協力してくれねえなら、すぐに裁判所からガサ入れの許可取ってくるぞ」

話をどんどんややこしそうなほうへと向けている。

「えぇぇっ、この人、客じゃなくて、シャンパンタワーメイクのアーティストさんですよ。今朝八時からタワーやりたいっていう予約が入っているんで、それまでに準備してもらうために来てもらっているんです」

目の前のホストが、慌てて顔の前で手を振っている。

「その通りです。私、フリーですが大久保《おおくぼ》の『坂口《さかぐち》インテリア』さんから派遣されてきています」

黒のセーターとジーンズという姿は、いかにも夜の街の裏方という風情だ。森田は本当だろうと思った。

「そういう言い訳は、五十通りほど用意してあるんだろう。刑事の俺の眼からは客が偽装しているように見える。なぁ、相棒っ」

いきなり後藤に肩を抱かれた。いつから相棒になった？　無言でいると右の革靴の先端を強く踏まれた。激痛が走る。森田の革靴は量販店で購入したノーマル品。対して、後藤の革靴はつま先や踵《かかと》に鉄が仕込んである作業用だ。

「あっ、はい、見えます。あの女は客ですね」

「じゃぁ、臨検するか。もう土産なしには帰れなくなったぞ」

後藤が一歩踏み込んだ。

「いやいやいや、わかりました。内階段へ出る鍵ですね。それと扉、おいっ、電ドラ持ってこい。丁番外すぞ」

ホストたちが一斉に動き出した。

「協力に感謝する。なんなら署に感謝状の申請をしようか」

「滅相《めっそう》もねぇ。関わり合いになんかなりたくない」

ホストたちは、四人がかりで扉の取り外しにかかった。手際がいい。この業界、元建設作業員が多い。

2

夜が明けるまでまだ一時間はかかりそうだ。

「普通の自殺じゃないと踏んだんですね」

屋上に出たところで、森田は後藤に確認した。

「そうそう頭から飛び降りられるもんじゃない。死ぬにしても足から行くのが人間の心理だろう。ヤクでキマっていると、歌舞伎町のビルの真下のコンクリートもプールに見える」

後藤が隣のビルの屋上を見やりながら、胸ポケットから煙草《たばこ》を取り出した。オイルライターで火を点《つ》けた。昭和の映画に出てくるような仕種だ。

飛び降り自殺の出発点になった隣のビルの屋上では、地上同様に鑑識が動き回っている。映画の撮影現場のように、そこだけライトアップされている。

ビルの隅に、数人の刑事がいる。うちひとりは女性だ。ポニーテールの背の高い女性。

彼女がこちらを向いた。明らかに顔をしかめた。

「やるか?」

煙草の箱の蓋《ふた》を開けて差し出された。森田は基本、煙草を吸わない。だが、短期でも潜入捜査の場合、吸えなくては困る場面もある。いちおう免疫はあるということだ。

この場合、黙って受け取るほうが流れがスムーズだろう。

「一本、いただきます」

煙草を引き抜き口に咥《くわ》えると、後藤がオイルライターを翳《かざ》してきた。森田は顔を近づける。耳もとで囁《ささや》かれた。

「いいか若造、あっちのビルに移ったら、手帳を見せて、後はとにかく深刻な顔をしていろ。後は俺が話を聞き出す」

「俺をダシに?」

「ホンシャの威光をチラつかせるだけでいい」

「俺に威光ありますか?」

「ない。だが警察手帳には警視庁とあるだろう。俺ら所轄とは違う」

「何しようというんですか」

少しだけ吸い込んだ煙を、冬の星空に向かって吐いた。

「あそこにいるのは所轄の生安課だ。飛んだのが風俗店の女ってことだな。あいつらから話を聞き出すには、お前がいたほうが便利なんだよ。なあに所轄の中の小さな縄張り争いよ。ホンシャの情担としても、そのほうが手っ取り早く詳細を聞けるってもんだろう。俺に任せておけよ。十分で終わる。森田も三十分後には桜田門に戻って、うまいモーニングコーヒーが飲めるってもんだ」

後藤が愛想笑いを浮かべた。強面《こわもて》だが人たらしなところもある。

「黙って聞いているのが自分らの任務ですから」

情報収集担当の本分はそこにある。捜査そのものに立ち入ることはめったにない。ある時は部長決裁による闇処理の場合だけだ。ある意味公安と似ている。

「それでいい。通常任務だ」

そこへ、ホストたちが扉を運んできた。四人で、それぞれ角を持ってやってくる。

「これでいいですか?」

店長らしい、一番貫禄《かんろく》のある男が、額に汗を浮かべながら言っている。

「いい酒抜きになっただろう。すまんが、あっちのビルまで渡してくれねぇか。ギリ、届くだろう」

後藤が明るい隣の屋上を指さした。

確かにビルとビルの隙間は約二メートルで、ちょうどこの扉で橋が出来るようだった。

「いいですよ。やりますよ。ほらいくぞ」

ホストたちは開き直っていた。ほどなくして橋が架かった。

「おかげで、うちの店、中が丸見えですよ」

「俺たちが、向こうに渡ったら持ち帰っていい。たまたま扉が開いちまったということで、客が入っちまっても仕方ねぇな」

後藤が恩着せがましく言う。そもそも薬物担当に、風俗営業の営業時間を黙認する権限などない。

後藤はすたすたと扉の橋を渡っていく。しょうがないので森田も続いた。風が強くなくてよかったと思う。

「やぁ今村《いまむら》、ご苦労さん。状況どぉよ」

「ちょっと後藤警部、いきなりなんですか。まだここ封鎖中ですよ」

「いや、ホンシャの情担さんが、内密に聞いておきたいって言うんでさ。ヤクが絡んでいるかいないかのチェックだとよ」

そんなことは、ひとことも言ってないが、森田は仏頂面《ぶっちょうづら》をしたまま、警察手帳を開いた。その場にいた所轄の三人が、森田の所属を確認できるように五秒ほど掲示する。

三人は明らかにいやな顔をした。

所轄にとって、警視庁《ホンシャ》にいきなり手出しされるぐらい癪《しゃく》に障ることはないからだ。

「捜査に手を突っ込むつもりはまったくありません。暴対課情報収集係は、常に事案の関連性をチェックするための情報を集めているにすぎません」

「わかった。所轄の生安、風俗担当の大島《おおしま》だ。俺たちは常に歌舞伎町の飲食、接客業、風俗店を回っている。このふたりは山本《やまもと》と今村だ」

一番年嵩《としかさ》そうな大島が他のふたりも紹介した。女のほうが今村だ。

「なあにホンシャは薬物のでかい事案《ヤマ》を追っているんだろうよ。それで俺みたいな所轄の薬担《ヤクたん》の動きまで張っていたってことよ」

声をかけてきたのは後藤のほうだ。よく言うよ、とも思ったが、鑑識中の規制線の中にまで入りこめたのは、後藤のおかげである。

「で、ホトケは、どんな女よ」

後藤がいっきに訊《き》き始めた。

「歌舞伎町二丁目をテリトリーにしている登録業者のデリヘル嬢。持っていた店の名刺から割り出しました。店というか事務所にはいま別な刑事が聴取に行っています」

　今村が答えた。

「名前は？」

「源氏名がマリア。本名は小川明代《おがわあきよ》。事務所が採用時に運転免許証のコピーをとってました。相模原《さがみはら》の出身で、いま親がうちの安置所に向かっています。おそらく解剖にまわるかと」

「やっぱ、薬だな？」

　後藤が念を押した。

「おそらく」

「突発か？」

「このビルからダイブってことは色恋でしょう」

　今村が、この位置からも見渡せるホストたちの看板を見やりながら声を尖《とが》らせた。顔写真だけではなく様々なキャッチフレーズが並んでいる。

『歌舞伎町で一番ピュア。色恋をしよう』

『僕を悲しませないでよ、エース！』

『俺をトップにいかせてくれ』

『頑張るあなたが輝く店』

そんなフレーズだ。男たちが通うキャバクラの惹句《じゃっく》とはどこか違う。

キャバクラのように客を『癒《いや》してあげる』のではないのだ。

すべてホストに金を持って来いと言っているようなものだ。

「ホストに金を使い果たした末の借金地獄か」

後藤が訊いた。

「その発想、古いです。お金ではなく、成就の見込みのない恋に絶望してダイブすることがほとんどなんですよ。ホストたちは、みんな本気の恋という営業をかけるんです。キャバ嬢とは違うんです。初回でも平気で寝るし、交際もします。でもそれ全部仕事なんです」

今村が、ホストたちの看板を指差し、怒気を孕《はら》んだ声で言う。

「おまえも、嵌《は》まったことがあるのか？」

後藤が目を丸くして聞く。

「地方公務員の給料で行ける所じゃないです。月に百五十万は使わないと相手にはされません」

「じゃあ行くのは、すべて風俗嬢ということか」

「はい。女子大生や昼職の女性もホストに狂うと、パパ活やデリのバイトを始め、最後はそっちが本業になるのが普通です」

風俗業が悪だとは思わない。税金を支払っているのであれば立派な職業だ。だが、それ以外の職業に就いたはずなのに、ホストに課金するためにはその職業に就くしかないというのであれば、意味合いは違ってくるのではないか。

とその時、今村の携帯が鳴った。

会話が中断される。

森田は、ライトに照らされた床を這い、黙々と手掛かりを探す鑑識官の作業を見つめていた。

「そうですか。わかりました」

今村が電話を切った。

「なにかわかったか？」

大島が訊いた。森田は鑑識官たちに視線を落としたまま、聞き耳を立てた。

「事務所のロッカーにマリアの遺書があったそうです。『マリス』というホスクラの隼人《はやと》にあてたものです。彼を受取人に保険金三億円掛けていたそうです。『これで私がエースでしょう』と。あっ、エースというのは、担当するホストの客の中で最大の売り上げ頭のことです。ホストは感情より勘定次第なので、エースになったら堂々と特別扱いしてくれます」

「んん？」

後藤が首を傾《かし》げた。

「すみません。自分の気持ちに関係なく金を多く払ったほうをホストは優先するということです」

「しかし、その特別扱いはもはや受けられないわけだ」

大島が星空を仰いだ。

「客は感情が入ってしまっていますから」

とベテランの鑑識が立ち上がった。

「客が飛ぶのを見届けていた人間がいたんじゃないでしょうかね。たぶん、今夜は同時にふたりだけ上がっている。そして一人が前に進み、ダイブしている。ただ、もう一人は押したりはしていません。見ていたということですかね」

「おいおい鑑識さん、ほんとかよ」

後藤が頭を搔いた。

他の三人も呆然と床を見下ろしている。

自殺教唆《きょうさ》の疑いも出たということだ。

「捜査一課《ソウイチ》も出張《でば》ってくんのかよ」

後藤がぼやく。

「捜査支援分析センター《SSBC》を使うしかないでしょう。このあたりすべての防犯カメラのチェックがいる。解剖は確定だな」

大島が刑事電話《ポリスモード》を取った。

まずは所轄の捜査一係に伝えるはずだ。

「『マリス』って店について詳しく聞かせてもらおうか。その店にヤクが流れていたってこともありえるわな」

「ありえます」

今村がきっぱりと答えた。

「それとマインドコントロールの疑い」

「マインドコントロール？」

森田が割って入った。

「狂った客にとっては、ホストは神なんです。それはどの店でも同じですよ。たぶんマリアという女も、これは虚構の愛情だとわかっていても、担当を満足させるためなら、いくらでもお金を用意したと思うんです。命を賭けてもね」

若干、浮世離れしたような話で、森田には実感がわかなかった。

真夜中に何があった？

本筋の捜査は一課に任せるしかないが、歌舞伎町という場所柄、背後にどんな反社組織が絡んでいるかわからない。

そして、ホストクラブという闇は深そうだ。

森田は、捜査一課の連中が上がってくるのと同時に、その場を後にした。

第一章　1/2の神話

1

「公務員ミュージシャンは気楽でいいとか、そんなふうには決して思わないでください。まずは警察官になりたいのか、なりたくないのか、それが先です」

堀川美奈《ほりかわみな》は、久しぶりに母校である多摩国立《たまくにたち》国際音楽大学に来ていた。大学側から、器楽学科三年生に対する就職ガイダンス講師として招聘《しょうへい》されたのだ。

聴講している学生は、約七十名。

壇上に立つ美奈に熱い視線が寄せられていた。

近年、各都道府県にある警察音楽隊や、陸・海・空それぞれにある自衛隊音楽隊への就職希望者が増えている。

なかでも二か月に一度、大相撲の千秋楽《せんしゅうらく》で国歌を演奏する自衛隊音楽隊は、一番人気だが、警視庁音楽隊もそれに次いで希望者が多い。

なにしろ公務員として生活が保障されたうえで、好きな音楽に没頭できるのだ。美奈も在学中はそう考えていた。

サキソフォーン奏者が商業楽団で生活していくのは、それこそ天才的な技術と芸術性を持っていない限り至難の業だ。

オーディションを繰り返し、生活していくのがとんでもなく難しい。学生時代からバンドなどでプロデビューしていれば話は別だが、一介のミュージシャンとして一人前になるのは、十年以上の下積みが必要になるのが常識だ。

かつて音大生の就職先でもっとも多かったのは、中学、高校の音楽教師だ。だが、それも現在は空き枠が少ない。少子化で学校自体が激減しているのだから、無理もない。

勢い警視庁音楽隊への希望者も増えた。

美奈のもとへも毎年OG訪問の問い合わせが入ってくる。夢がかなった音大生は稀《まれ》で、よほどの運がないとここに配属されることはないのにだ。

日々、総務部から回されてくるOG訪問の連絡に、いささか閉口していた美奈にとって、大学側からの講師依頼は、渡りに舟といえた。まとめて説明するに越したことはないからだ。

「残念ながら、警視庁音楽隊は欠員がない限り、専務隊を補充することはありません」

きっぱりと言うと、階段教室のあちこちから溜息が漏れた。

実は、その欠員がいまはある。

だから警視庁も、この講演を引き受ける許可を出したのだ。もちろん講演料などは受け取らない。警視庁も音楽隊の広報活動の一環として受けている。

現状の欠員はサックスとクラリネットだ。

けれども欠員があることは、いまは伝えない。

そんなことを伝えたら、質問が星の数ほど降ってくることが目に見えているからだ。

公平性を保つために、すべての質問に真摯《しんし》に向き合い、場合によっては、サックスとクラリネットを専攻している学生全員の演奏を聴かねばならないことになる。

申し訳ないが、音楽隊員の募集に来たわけではない。

むしろスカウトに来たと言ったほうがいい。

警視庁音楽隊は、技術以上に警視庁職員としての資質が重要になる。腕があるからなれるわけではない。

はじめに警察官ありきなのだ。

仮に入庁時に音楽隊への専務となっても、美奈のように時に兼務を命じられることもある。それも地域課などではなく、暴力団対策課の情報収集担当という特殊な部門への兼務だ。半年前はサックス奏者として夜の街に潜入さえさせられた。

「警察官になりたいと思いますが、音大卒でもなれるのでしょうか」

学生のひとりが手を挙げた。

「なれます。大学での専攻はまったく関係ありません。警視庁ならば地方公務員試験に合格していることだけが条件です。警視庁には高卒や専門卒も多くいますし、看護専門学校を出て女警になっている方もいますし、美大卒の刑事もいます。それは警視庁に限らず公務員になる場合はどこでも同じです」

そう説明すると、教室内がざわついた。将来の選択肢が広がったことへの安堵でもある。大学を受験した十八歳のときに思い描いた将来像が、二十歳を超えても同じとは限らない。

音楽家になることを志して入学しても、普通の職業につきたいと宗旨替えをする学生は大勢いる。

そして音大卒ということを、逆にハンデに感じている学生も多い。

「トランペットの上手い刑事って、かっこよくないですか」

そう問いかけた。

「なるほど音楽はどこでもできるってことですね」

その学生は笑顔になった。

「そうです。逆にバンドマンが捜査することはできません。作曲ができる白バイ隊員はいますが、作曲家は白バイに乗れません」

一同が笑った。

「みなさん、警視庁は結構いい職場です。どこの所轄に行っても職員食堂、仮眠室が完備です。独身寮もあります。都民の治安を守るという誇りが持てる仕事でもあります」

音楽隊は広報課の所属である。どんな場所でもＰＲに努めたい。

そこから具体的に、公務員試験の種類と警視庁の募集要項、警察学校での授業と訓練内容について説明に入った。

どのみち最後の卒配で一通りの部署を回ったのちでなければ、音楽隊へは配属されないのだから。

興味を持たせるために、最後に音楽隊員の日々の練習や広報活動、コンサートについて話して終えた。約一時間三十分の講演だった。

終了後、美奈は懐かしいキャンパスを歩いた。

あちこちの棟から管楽器や弦楽器を練習する音が聞こえる。放課後の自主トレをしている音だ。

器楽学科棟と声楽学科棟の間をゆっくり歩いた。

前方からアルトサックスの音が聞こえてくる。

ジャッキー・マクリーンの『レフト・アローン』。

サックスを吹く者にとって、定番中の定番ナンバーだ。

美奈はいまでも一日一回は吹いている、その日の気分が如実に表れるナンバーだと思う。

ずっと先の方から流れてくるメロディは、やたら哀愁を帯びていた。吹いているのが、大学生だとしたら、とんでもなく早熟な音色だ。

気になったので校舎には入らず、まっすぐ音のするほうへ進んだ。

吹いている場所は、だいたい想像できる。

通路の行き止まり、ひとりの男がコンクリートの壁に向かって『レフト・アローン』を吹いていた。

やはりこの場所だった。

前に壁、背中に校舎。床も含めてコンクリートだらけのその小さな空間は、プレイヤーにとっては、たまらないアンビエント（臨場感）を得られる場所なのだ。

吹いているのは、学生だった。

背が高く、胸の厚い筋肉質の体型。半端でない肺活量の持ち主のようで、そのぶんフラジオ（アルティッシモ）も自由自在に操れている。運指《うんし》も巧みだ。

主メロから外れて、アドリブに変わった。変幻自在だ。

フラジオとは歌で言えばファルセットで、サックスを吹くうえでは最難関と言える。自在に操れるようになれば四オクターブまで出すことができる。

ただし下手なプレイヤーや初心者がかっこつけてやると、金切り声のようで耳障りなだけだ。

この男子学生は、フラジオをほぼマスターしているようだ。

変幻自在にフラジオを連発している。ヒステリックでヒップな音色なのに、耳には心地よい。

「うまいわ」

美奈は自然に足でリズムをとった。

使用楽器はセルマーのシリーズⅢ。ゴールドラッカーで彫刻入り。フランス製で価格は八十万円ほどする立派なサックスだ。クラシックやスイングジャズよりも、モダンジャズ向き、とされている。

音大に多い、富裕層の子息だろうか。

ちなみに美奈は父親が国産楽器メーカーに勤めている関係上、そのメーカー品しか持っていない。アルトが二本。テナーが一本だ。

学生は壁に向かって吹きまくっていた。

コンクリートに反響したヒップな音色が、天空を突き抜けていくような勢いだ。

学生は突如、アドリブを止めると、四回足踏みをして主メロに戻った。

鮮やかな転換だ。

いったい何者？

学生がフィニッシュしたところで、美奈は拍手した。

「えっ」

学生が振り向いた。目を丸くしている。

よく日焼けした顔は、目鼻立ちがはっきりしている。ミュージシャンというよりスポーツマンのような精悍さだ。

「ごめん。ＯＧの堀川美奈。警視庁の者です」

「えっ、警察！」

学生は、頬を引き攣《つ》らせた。

「警察と言っても音楽隊の隊員よ」

笑ってみせる。

「あ〜、そうですか。てっきり母や姉が何かやったのかと思いました」

学生は、突然、顔を曇らせた。

「あら、それはどういうことなのかな？」

「いや、なんでもないです」

学生は急に黙り込み、視線も落とした。

「ごめん。おうちのこととか聞くべきじゃなかったわね。つい先輩風ふかせて、ごめんなさい。お名前教えてくれる？」

「松永《まつなが》結弦《ゆづる》といいます。器楽学科三年です。専攻はこれっす」

とアルトサックスを指さした。

「実は私もアルトを吹いていたのよ。ということはまるっきり後輩ってことね」

とトートバッグからマウスピースを取り出して見せた。

「これ吹いてみますか？」

結弦がセルマーのマウスピースを外そうとする。

「はい、でもちょっと待って。練習室に学校の備品サックスがあるでしょう」

「ええ、五号館の楽器室で貸し出してもらえますよ」

五号館は、まさに背中にある棟だ。

「六年前と同じね。だったら勝手がわかる。ちょっと待って」

美奈は校舎の中に飛び込んだ。

幸いなことに楽器管理室の職員は、六年前と変わっていなかった。顔を覚えていてもらったこともあり、簡単に貸し出してもらえた。国産メーカーの普及品。結弦と同じゴールドラッカー。

楽器に興味のない人は知らないが、サックスは色の種類によって音色が違う。ゴールドラッカーはもっともポピュラーな色だ。

「結弦君、私とバトルしてみない？　学生時代の気分に戻って、フリーに吹いてみたいの」

コンクリートの壁の前に戻りセッションを申し込んだ。

「いいですけど。なんか怖いっすよ」

「警視庁の音楽隊は譜面通りに正確に吹くのが義務だから、たまには派手でヒップなナンバーをアドリブをメインにやってみたいの。ねぇこれ、ついてこれる？」

美奈はワンフレーズ吹いた。これも有名なフレーズだ。

「『ワークソング』ときましたか。こっちがコルネットなら、キャノンボール・アダレイとナット・アダレイのバトルになるんですけどね」

有名な兄弟ジャズメンのことだ。兄でサックス担当のキャノンボールは大食漢だったことからそう名づけられた。

「『ワークソング』は重ねるよりも交互にやるのにいいと思う」

一種のコール・アンド・レスポンスだ。

「わかりました」

美奈はもう一度、最初のワンフレーズを吹いた。

結弦が右足でカウントをとっている。

美奈がブレイクする。

すると一拍置いて、結弦が入ってきた、肺活量の違いか格段に迫力があった。オクターブずつ上げて交互に吹いた。美奈は、本来黒人労働者の魂の叫びだったこの曲を軽快で健康的なイメージに変えて吹いた。警視庁音楽隊の特性である。

あくまで音楽の楽しさを伝えるのが任務だからだ。

一方結弦のほうは、吹けば吹くほど地獄の底から噴き上げる悲鳴のような音色になってきた。美奈の思った通りだ。

大学三年生で『レフト・アローン』をあれだけ切なく吹けるのなら『ワークソング』ならば、どんな風になるのか試したかったのだ。

楽器は奏《かな》でる者の心情を映す。

結弦は心に何か苦しみを抱えているのか。音色が切なすぎる。

「それじゃ今度は、重ねてみましょう。私が上」

美奈は曲を変えた。

ジョン・コルトレーンの『ブルー・トレイン』。結弦はすぐについてきた。出だしをダブルアルトでやると、とんでもなく迫力が出る。

すぐにアドリブソロに入った。まず結弦が走る。まさに暴走する列車のようだ。三十秒ほどで、美奈がもらう。美奈はブレーキを掛けるように穏やかに吹いた。

そこからたっぷり二分、バトルとなった。ふたりとも乗りに乗ってきた。お互い夢中になった。並んでテニスのラリーを楽しんでいるのに似てる。

結弦は強いショットをどんどん見舞ってくる感じだ。美奈は慌てず軽く打ち返す。力量的には、美奈のほうが多少上だった。

結弦の音色にも変化が出てきた。トーンが明るく伸びやかになってくる。美奈のトーンに引っ張られたようだ。

そこからさらに、一分ほどラリーの応酬をした。楽しくてたまらない。

だが突然、結弦の音が掠《かす》れた。音程も揺れ始めた。

どうした？

美奈は吹きながら、結弦の顔を見た。両目から涙が流れている。それも笑いながらだ。

美奈は主メロに戻した。続いて結弦も戻る。そのまま流れるようにエンディングへと進み、ふたり同時に軽くステップして演奏を終えた。

美奈は無言で結弦を見た。

「なんか、こいつの最後に凄いセッションができて、なんだか胸が詰まっちゃって。いや、泣くなんて引きますよね」

結弦がブルーのトレーナーの袖で涙を拭い、たったいま吹き終えたサックスを、愛おし気に眺めている。

「最後？」

美奈は首を傾げた。

「はい、このラッパとも明日でお別れなんです。これ売らないと、学費も払えなくてここに残ることも無理になりますから。手放す決心をしました。この学校を卒業だけはしたいですからね。楽器は当面、友人のサブを借りて頑張ります」

結弦は涙と愛想笑いで顔をくしゃくしゃにしていた。

「結弦君、なにか事情があるみたいね。でもそれセルマーのシリーズⅢでしょう。心残りでしょう」

美奈はしげしげと結弦のサックスに見入った。シックな彫刻入りで、見た目にも味わい深い。

「はい。一年と二年の夏休みと冬休みをすべてバイトに費やして、やっと手に入れたんですよ。通販会社の物流センターでのバイト。単純作業ですが死ぬほどきつかったですよ。やっと去年の四月に買えたんですよね。でも楽器はまた買えばいいんで」

吹っ切れたのか結弦は、爽やかな笑顔を見せた。どうやら富裕層の子息ではないらしい。

「立ち入るようだけど、そのセルマーの売り先は決まっているの？」

「はい、駅前のリサイクルショップでケース付き二十万で取ってくれます。それでなんとか未払いの学費の後期分が払えます。後一年分はまた物流センターでピッキングの日々ですね」

器楽学科の校舎から、様々な楽器の音色が聞こえてくる。

「よかったら、私に四十万で、預からせてくれない？」

そのぐらいの貯金はあった。

「えっ？」

「一年後に、キミがちゃんと就職したら必ず返します。その代わり給料から毎月三万円、十か月払いできちんと返済してもらう。その条件でどうかしら？」

美奈はそう提案した。このプレイヤーをキープしておきたいと思ったからだ。警視庁にスカウトしたい。

「返済額が十万円安いじゃないですか」

結弦が怪訝《けげん》な顔をした。

「その間、私が使うから使った分として減額します。それと勿論セルラーのマウスピースは自分で買うし、結弦君に返却するときは、私のほうで洗浄とリペアします」

それがプレイヤー同士としてのマナーだ。

「そこまで、言っていただけるのですか」

結弦は目を丸くしている。

「悪い条件ではないと思うけど、どうする？　よかったら、いますぐ近くのコンビニのA

TMでお金下ろして、すぐに支払います」

「本当ですか？」

「冗談でこんなこと言いません。本当のことを言うと、私、セルマーのシリーズⅢを、一度吹いてみたかったの。お互いさまということ、あんまり気にしないでちょうだい」

「それじゃ、お願いします。四十万あるとかなり助かります」

結弦はサックスをハードケースに詰め込んだ。

この大学の年間授業料は約百二十万円だ。それでも半期分には足りないだろう。

「バイトしながら大学通うのも大変ね」

校門に向かって歩きながらしゃべる。

「でも僕だけじゃないですから。結構みんなバイトしてますよ」

冬の柔らかい日差しがプラタナスの並木路を照らしている。枯葉が舞っていた。

「バイトは仕方がないけど、物流センターとかでのバイトは指痛めない？　もっと他にいいバイトはないの？」

音大生、特に器楽学科の学生にとって指は貴重な財産だ。

したがって音大では、体育の授業などでも怪我をしないように、細心の注意が払われている。突き指防止のために、バレーボールでも紙風船のようなボールを使ったりするのだ。

ちなみにコンクールなどの前には、料理もしないという学生も多い。

「ピアノやバイオリンの連中なら慎重になるでしょうが、僕はそこまで考えません。六十年代のニューヨークのジャズマンなんて、クラブで連日連夜、喧嘩だらけだったと聞いてますから」

結弦は屈託《くったく》なく笑った。

いまでもそうだ、とは言わなかった。

コンビニで預金を下ろし、封筒に入れて渡した。サックスと封筒を交換する。

「確かにセルマーⅢ預かりました。でも必ず取りに来てね」

名刺も渡した。

「堀川美奈さん。ありがとうございます。なんかうちの姉も、堀川先輩みたいな人だったらよかったのに」

結弦が名刺を見ながら言った。

「お姉さんがいるんだ？」

「はい、五歳上です。薬品会社でＯＬしてました」

「してましたとは、もうお辞めになったの？」

「ええ、もう辞めています」

そう言ったまま結弦は空を見上げ、沈黙した。突っ込むべきではないだろう。

「あの結弦君、来週の日曜日、二子玉川《ふたこたまがわ》のショッピングモールで警視庁音楽隊の演奏会があるんだけど、聴きに来ない？　私、このセルマーで吹くから見て欲しいの。交通安全の啓蒙キャンペーンだけどどうかしら？　ネットで『警視庁音楽隊』って検索したら出ているから」

「喜んで、行きますよ。このお金のおかげで、すぐにバイトしなくて済むようになりましたから大丈夫です。っていうか、僕このまま大学に戻って学費払ってきます。こんな大金、家に持って帰るのは危険ですから」

「そうね。現金はあまり持ち歩かないほうがいいわ。これは警察官としてのアドバイスです」

「では、自分も貯金おろして足しますから、これで」

「じゃね」

そこで結弦と別れた。

桜田門へ戻る電車の中で、あの松永結弦をどうにかして警視庁に入庁させる方法はないものかと、策を巡らせた。

2

警視庁庁舎十二階の組織犯罪対策部の大会議室の大型液晶モニターに映像が映し出されていた。

歌舞伎町の花道通り、ホストクラブの屋上から女性が飛び降りる瞬間の映像だった。

森田明久は目を凝《こ》らした。他に各課から集められた捜査員、三十名ほどが一緒だった。

向かい側のビルの外階段の踊り場に取り付けられていた防犯カメラが捉えていた映像である。あれから丸一日と八時間が経っていた。

ふらふらとビルの端にやってきた小柄な女性は、一旦背後を振り向くと頷《うなず》き、両手を前に差し出し、そのまま、空中に飛び出していった。まるで競泳選手がプールに飛び込むようなポーズだった。

問題は振り返った瞬間だ。背後に人影がいるようでもあるが、この映像からは、はっきり見えない。

したがってこの映像を見る限り彼女は自殺で、事件性はないように見える。

だが組対部長である富沢誠一《とみざわせいいち》から、暴力団対策課、薬物銃器対策課、国際犯罪対策課、犯罪収益対策課の各課の課長と主任、それに現場の捜査員が数名ずつ集められている。

「飛び降りたデリヘル嬢が、振り返った姿に捜査一課《ソウイチ》は注目している」

富沢が全員を見渡しながら伝えた。

自殺強要の線を捨てきれないということだ。強要した人間がいたとすれば、その人物の情報もいずれ手に入るだろう。

「リレー映像はまだ完成していない。直後にこのビルから出た男はいないからだ。ビルの中のどこかの店《ハコ》に戻ったのだろうが、内部の防犯カメラ映像には映っていない。死角を知り尽くしたホストではないかというのがソウイチの見立てだ」

店に戻り、多くの客や従業員と共に店を出てしまったら、特定は難しい。そもそも事件発見後は花道通りはごった返していた。

「殺人捜査は刑事部に任せるが、うちはうちで内偵をかける」

部長がきっぱりと言った。

集められた捜査員たちからどよめきの声が上がる。

「寺《てら》さん説明してくれ」

部長の富沢誠一が管理官の寺内雅也《てらうちまさや》に向かって言った。

「解剖の結果、女性の血液から覚醒剤が検出されたが、そいつが『キム・ミサイル』だった。わかるな、この意味？」

寺内が薬物銃器対策課の浅田洋一《あさだよういち》課長を見据えた。

「大坂悟が、歌舞伎町に舞い戻っている可能性があるということですね」

浅田が答えた。

北朝鮮の国営覚醒剤を扱える国内の元売りは限られているはずだ。大坂悟から出ているとみるのは当然だ。

「コロナによる自粛解除と共に『キム・ミサイル』が出回り出したのでは、警察の威信は丸潰れだ」

部長が眉間の皺を摘《つ》まみながら言った。

特徴のある鷲鼻《わしばな》に汗が浮かんでいる。

「歌舞伎町の売人を集中監視します。新宿東署とも合同捜査チームを立ち上げましょう」

浅田が提案した。歌舞伎町のような魔界の捜査では、所轄の刑事を活用するほうが合理的である。組織を叩く薬物捜査と容疑者を探し出す殺人捜査は、根本的に違うのだ。

「それと、山上《ガミ》ちゃん。ホストクラブの情報を集めてくれないか。飛び降り自殺したデリヘル嬢はホストに嵌まっていたんだろう。『キム・ミサイル』はホストに盛られたんじゃないのかね」

部長が暴対課情報収集係課長の山上翔二《やまがみしょうじ》に指示した。森田の所属長だ。

「承知しました。すぐに当たらせます。マリアこと小川明代が入れ込んでいたホストがいた店は、すでに特定できています。あのビルのすぐ近くです」

今朝、森田が渡した情報だった。

昨夜のうちに電話で新宿東署の風俗担当、今村洋子《ようこ》から聞き出していた。『マリス』という中規模店だそうだ。

午前中までは、まだ捜査一課の事案とは決定していなかった。組対部《マルボウ》が動く可能性がある以上、ひたすら聞き込みをしておくのが情報系刑事の役目だ。

「あのビルではないのか？　なら背後にいた黒い影は、その入れ込んでいた店のホストではないということかな」

管理官の寺内が首を傾げた。

「はい、ですが、ホスト遊びをする女性たちは、メインの店の他にサブ店も持っているのが普通だそうですから。あのビルにも贔屓《ひいき》がいたのでしょう」

それも森田が渡した情報だ。

そもそもホスクラは、キャバクラとは違い、ひとりの担当しか指名できない。それはいわば永久指名である。

その担当が、店を辞めない限り、一度決めた担当替えをすることはできない。担当以外につくホストはすべてヘルプであり、彼らは、場を繋《つな》ぐだけの会話しかしない。ヘルプでついたのに客の気を引くようなことを言ったりすれば、閉店後にヤキを入れられることになる。

だから客は、メインの入れ込む店の他に、息抜きの店を持つことになる。

「なるほど」

寺内が納得したかのように大きく頷いた。

「あの……」

と薬物銃器対策課長の浅田が、小さく手を挙げた。

「うむ」

富沢が視線を向ける。

「ホストの中にはたしかにクスリを使う輩《やから》もいます。ですがそれは、枕営業のためであって、女をセックスの虜《とりこ》にするという目的です。ですから、シャンパンなどに混ぜるのは、MDMA《エクスタシー》のような催淫効果の強い錠剤を砕いて使用するのが普通です。わざわざ『キム・ミサイル』を使用したのは、セックス以上の目的と考えられます」

「どういう目的かね」

富沢が少し眼を強張らせた。

「そもそも北朝鮮が『キム・ミサイル』を開発した意図は、政治犯の思想コントロールのためといわれています。いわゆるマインドコントロールです。『キム・ミサイル』を服用させ、繰り返し同じ話を聞かせたり、教典的な本を何度も読ませると、その原理しか信じなくなるそうです。これをホストが応用すると、単に飲み代を増やすだけでなく、借金や保険金の契約書サインなどにも誘導できるということになります。もっといえば自殺は極楽への道などとそそのかすことができる。『キム・ミサイル』はそれぐらいの効果があるかと」

「ふ〜む」

富沢が唸《うな》った。

「その前提をもって探りましょう。我々は、密かに情報を集めるのが任務です。捜査一課に気付かれずに動くのもまた、われわれの得意とするところですので」

山上が微かな笑みを浮かべた。

「そういうことだよガミちゃん。捜査一課に気付かれず、先回りをして欲しい。『キム・ミサイル』ならば北に繋がる話だからな。公安《ハム》よりも一足先に真相を知りたい」

富沢が、山上に微笑み返した。

そこか。

森田は胸底で溜息をついた。

つまり永田町が絡んでいるということだ。

この富沢誠一が、次の次の警視総監候補で、その先に政界進出があることは周知のことだ。

永田町への忖度があるのは致し方ない。もしも政治家が絡んでいたならば、早々に握りつぶすか、対処の方法を進言したいのであろう。

そのためには捜査状況を、先回りして把握しておく必要があるということだ。

その富沢に精一杯忖度しているのが、わが上司、山上翔二である。

森田は暴対課に戻った。

主任の奈良林《ならばやし》武史《たけし》が、自席で実話週刊誌を広げていた。案外、重要な情報源である。二次団体クラスの有力組長が発している談話に、符牒《ふちょう》が隠されてることが多い。どこかでこっそり義理事《ぎりごと》を開催するなどだ。それを読み取り、監視に行くのも情報係の重要な任務となる。

相棒の堀川美奈は、兼務の音楽隊へ出向いているようで見当たらなかった。もともと音楽隊のサックス吹きだが、楽器が操れることが警察の匂いを消し、ミュージシャンという覆面《カバー》を、ごく自然にかぶれることから、暴対課と兼務になっている。

基本は臆病だが、いざとなると大胆な不思議な女子だ。一緒にいると鬱陶《うっとう》しいが、いないと気になる。

「奈良林さん、森田っ」

一緒に会議室から戻ってきた課長に呼ばれた。

キャリアの課長は十五も年長の部下である奈良林は、さん付けで呼ぶ。

ふたり並んで席の前に立った。

「森田、単独で潜ってくれ。歌舞伎町の『マリス』だ。潜入期間は三週間。エキストラは充分な人数配置をするから心配するな」

「いつからでしょう」

「一週間後には頼む」

「わかりました」

役作りの準備期間は一週間しかないということだ。

それと入店の方法を探らねばならない。情報係は潜入が決まると、後はすべて自分の判断となる。

「奈良林さんには、新宿東の後藤刑事と檀家を回ってもらいたい。蛇の道は蛇でしょう。ホスクラにクスリを落としているルートがあればベテランのおふたりで、聞き出していただきたい。大坂悟の動向がわかれば最高です」

檀家とはこの場合、地元の暴力団組織を指す。マルボウ刑事は定期的に彼らと接触して情報交換する。かつては組事務所を回っていたので、その名残りで檀家回りという。

「それは、すでに後藤が探っているでしょう。要するに奴と一緒にいれば、きっかけがつかめるということですね」

奈良林が鼻で笑うような調子で言った。

「そういうことです。所轄に単独であげられても困るんです。常にホンシャが先導していないと」

「わかっていますよ。課長に恥はかかせませんから」

奈良林が首を回しながら答えていた。イヤミたっぷりな言い方だ。

「主任、新宿東に行くなら同行させてください。自分も役作りに、少し歌舞伎町の空気に慣れておきたいんです。それと、所轄の風俗担当に、色々聞きたいこともあるし」

「わかった。なら、すぐに出ようか」

奈良林が、尻ポケットから出したスマホをタップし始めた。後藤にアポを入れているようだ。

四十分後。

歌舞伎町に着いた。

東洋一といわれる歓楽街も、陽の光を浴びていると粗《あら》が目立った。通りにあるビルの老朽化がはなはだしいのだ。

それもそのはずで、歌舞伎町一丁目の飲食店ビルも二丁目に密集するラブホテルも、そのほとんどが築五十年を超える物件である。

旧新宿コマ劇場を解体して新宿東宝ビルが誕生したが、再開発されたのはその一角だけであって、周囲は一九六〇年代から七〇年代にかけて建てられたビルのままである。

さくら通りの朽ち果てたようなビルの二階にある喫茶店『三十八度線』に入った。昔ながらのパーラー風の喫茶店で、客は一目でその筋とわかる人相と風体の男と、その愛人風の女たちばかりだった。

店の隅に後藤と今村がすでに座っていた。どちらも店になじんでいる。

「ここに入るのも久しぶりだぜ。後藤ちゃんよ」

奈良林が後藤の前に座る。

「まぁ、ある意味歌舞伎町で一番治安のいい店ですし、ここなら本職にダイレクトに話を聞けるってもんです。ホンシャの奈良林《バシ》さんと一緒に歩き回ったら、誰もしゃべりませんよ。生意気言ってすみませんが、歌舞伎町には結界があることをご存じでしょう」

後藤がマルボウでは先輩格にあたる奈良林に小さく頭を下げた。

「了解している。特にホンシャの顔を立ててもらわんでもいい。ここでは後藤の主導でいい。場合によってはホンシャへの報告は適当にしておく」

奈良林がソファにふんぞり返りながら言った。

「安心しましたよ。奈良林《バシ》さんが変わっていなくてよかった。ホンシャは性格を変えてしまいますからね」

「マルボウはマルボウだ。ソウイチやハムのエリートとは違う」

極道とはっきりわかるウエイターがコーヒーを四人分持ってきた。ここでは黙って座るとコーヒーが出るということだ。

店名の『三十八度線』は、朝鮮半島の南北の軍事境界線に由来する。緩衝《かんしょう》地帯であるということだ。

極道同士の話し合い、警察との交渉の場、そうしたことに使われる店だ。どうせなら、よりわかりやすく『板門店《はんもんてん》』にしたらよいと思うのだが、それでは焼肉屋のようだと、有力組長が反発したのだそうだ。

「話を聞ける奴はいるのか？」

奈良林がコーヒーを啜《すす》りながら聞いた。

「そこにいるのは新闘会《しんとう》の八神《やがみ》だ。半グレ集団のケツモチなんかもしている」

後藤が隣の四人掛けボックス席にひとりで座っている男を顎《あご》で指した。よく日焼けしており、高級そうな濃紺のスーツを着ていた。短髪で精悍《せいかん》な風貌だ。極道というよりベンチャー企業の成功者といった雰囲気だ。四十代半ばだろう。

「さすがは後藤だ。キャスティングが抜群だ」

新闘会は、三年前、大坂悟が『キム・ミサイル』を持ち込んだらしいと警察にリークしてきた与党ヤクザだ。

後藤が今村に席を交代するように伝えた。今村がコーヒーカップを持ったまま隣の席に移ると、八神がやってきた。

「ドラッグで飛び降り自殺なんて、歌舞伎町ではざらにある話だよ。桜田門が出張ってくる話でもないでしょう」

八神はウエイターに手を上げ、新たなコーヒーを持ってくるように言っている。

「いや、そこら辺の売人《プッシャー》が捌《さば》いてる南米産の混ぜ物だったら、わざわざ出てこねぇよ。昨日の女から出たのは、かなりヤバいヤクでな。ダイブの仕方が違いすぎる。場合によっては、絨毯《じゅうたん》爆撃をかけなきゃならなくなる。本職が絡んでねぇのは知っているが、このままだと巻き込むことになるかもしれん」

奈良林は圧をかけた。絨毯爆撃とは、歌舞伎町全体にガサ入れをかけるということだ。極道同士の抗争を止めるために、片っ端から組員を逮捕してしまう場合をさす。

「そいつは、ウザイ話だな。隠してもいいねぇチャカやヤクをどんどん発見されて、塀の中にぶち込まれたんじゃ、たまったもんじゃねぇ。こっちにも人権があるんだぜ」

「わかっている。だからこうして来ているんだ。協力してくれないか」

「どうしろと？」

「ホストクラブに流している組織を探している」

奈良林が単刀直入に言った。

「歌舞伎町にシマを置いてる団体ではありえない。たぶん、ホストの直取引だな。頭に来るよ。最近のガキどもは」

八神が虚空を睨《にら》んだ。本気で怒っている顔だ。

「ブツは『キム・ミサイル』だ。そんなものが歌舞伎町に流行《はや》ったら、やばいだろう」

奈良林の眼が尖った。後藤も八神を強く睨んでいる。

「大坂悟が歌舞伎町に戻って来たってことか？」

八神の眉間に皺が寄る。三年前、警察が動くのと同時に新闘会も大坂を拉致《らち》しようと動いたはずだ。それが大坂が一瞬にして姿を消した理由かもしれない。

警察は逮捕だが、こいつらは抹殺してしまう。

「定かではない。だが、奴以外に『キム・ミサイル』を扱える元売りはいないはずだ」

「わかった、俺らが、ちょっくらホストの元締めを叩いてみる。なんでも叩くと埃《ほこり》が出るもんだ。きっとその埃の中にヤクもある。そこを突破口にすればいい」

「叩けるか？」

「警察が三日ぐらい目を瞑《つむ》ってくれたら簡単さ。俺たち暴力でメシを食ってんだからな」

八神が右腕を叩いて見せた。

周りで待機していた極道たちから大きな笑い声が起こった。

「大坂悟と繋がる人物はわかるか」

「ある程度はな。昔は俺たちがヤクの元売りを押さえていたものだが、十年前からは半グレだ。歌舞伎町に舞い戻ってきて、しかもホストと絡んでいるなら、半グレが気づかないはずないさ。なにせ、いま町を威嚇《いかく》して歩けるのは、俺たちではなくて半グレだからな」

八神は警察に対して皮肉を込めている。

「その半グレを攫《さら》うんだろう。目星はつけているのか」

奈良林は突っ込んだ。

「それを聞き出してパクるつもりかよ。警察は信用できん。攫うのは俺たちだ。吐かせるまで、そっちには渡さない。違うんだったら、やらんよ。俺らはそっちのイヌじゃねぇ」

八神がごねた。ある意味当然である。

「今回ばかしはトンビが油揚げを攫う気はない。そもそも拷問でもしなきゃ吐かねぇだろう。警察はそれがご法度《はっと》になっている」

「ちっ、よく言うよ。俺はガキの頃、二十時間近くもライトを当てられて尋問され続けたぜ」

「二十年前までの話だ。いまはやっていない。やれるのはお前らだけだ。だから恥を忍んで頼みに来ている。大坂悟と接触しそうな半グレは何という？　一応こっちも犯歴や在所を確認しておく。それだけだ。攫って、吐かせるのは任せる」

奈良林が念を押した。

「佐川敬二郎《さがわけいじろう》っていうホストの斡旋《あっせん》やマネジメントを行っているエージェントだ。元は『中央連合《ちゅうおうれんごう》』の幹部だったが、俺たちの傘下に入るのを嫌って自分らのグループを作った」

中央連合は、新闘会の傘下だ。組員ほど統制はとれていないが、歌舞伎町を実効支配するうえで、手先となっているのは事実だ。

「その佐川のグループは何ていう？」

「『ゴッド・ブレス』。暴走族系ではなくナンパ系の不良グループだ。大学でヤリサーなんかをやっていた連中が集まっている。女を転がしては儲けている連中さ。外道《げどう》だよ。俺はこいつが大坂悟と組んでいると睨んでいる」

八神が吐き出すように言った。これこそ核心的な情報だ。

奈良林が笑う。

「目を瞑れるのは終電後だ。堅気《かたぎ》が飲んでいる間はNGだ。うまくやれ」

後藤が言った。

「それは守る。ただし、目を瞑れっていうのは喧嘩だけじゃない。こっちとしてはシノギも兼ねることになる」

「被害届を出させないようにしろよ」

そう促し後藤がコーヒーを啜る。八神は頷いた。コーヒーを啜って、ぼそっと言った。

「ヤクザはね、ホストに苛立っているんですよ」

「面《つら》で負けているからか？」

後藤が茶化した。

「いや、女に貢《みつ》がせるっていうのは、そもそも俺たちのシノギだったわけよ。風俗で稼がせて金を持ってこさせる。ヤクザはそんな情婦《イロ》を五人は持っていたもんです。それをね、あいつらは風俗で働いている女たちを根こそぎ持って行ってしまいやがった。頭に来るでしょう、これ。来週の半ばに暴れますよ」

八神の声が甲高《かんだか》くなった。

「わかった。せいぜい巻き上げてくれ。こっちはヤクの入手先がわかればいい」

今度は奈良林が言った。入手先の裏には大坂悟がいると踏んでいる。

いずれにせよ来週、歌舞伎町で久々に暴動が起こることになる。

喫茶店を出て、森田は今村に『マリス』のあるビルへと案内してもらった。

「潜入の前にこんなところを私と一緒に歩いていいんですか。このへんのキャバやホスクラでは私は警察だってこと、バレバレですよ」

「平気。役に入るときは、顔も雰囲気もまったく変わっているから。化ける人間のプロフィールやキャラは上から降ってくる。その人物になり切ると、不思議なもので、いまここにいる自分とはまったく違う人相になる」

ホスクラ街の空気を思い切り吸い込んだ。

「本当に役者さんみたいなんですね。俳優も出演するドラマによってまったく違って見えることがある。同じ人なのにね」

「そういうもんさ。ところで今村さん、ホストってひとことで言ってどんな男たちなんだろう」

役作りの基本になるべき部分を聞いてみた。らしさを醸《かも》し出すには、その職業の本質を知ることだ。それも女性の意見を聞きたかった。

「ひとことで言えば、極悪非道の金の亡者《もうじゃ》。それがホスト。それもあからさま」

瞬時にそう返ってきたことに驚いた。

「あからさまでいいんだ」

どこか腑《ふ》に落ちない。あからさまに金、金という態度のホストに女性客は、金を貢ぐのだろうか。

「そうです。あからさまでも、女は頑張って貢ぐんです」

「キャバ嬢とだいぶ違うね」

森田にとって接客のモデルと言えばキャバ嬢しかない。

「キャバ嬢は、接客業ですね。ホストはむしろタレントです。お金次第で何でもしてくれるアイドルなんです。キャバ嬢は簡単に客と寝ませんよね。ホストは金だけが目当てですから初回でも平気で寝ます」

今村がきっぱり言った。

「なんか悪い思い出でもあるの？」

「所轄の風俗担当として、ホストに嵌まった風俗嬢たちを見てきた感想です。一般のＯＬもひとたびホストに狂うと、すぐに風俗に転職します。キャバクラは、サラリーマンでも充分通えると思いますが、ホスクラはＯＬの給料で通っても楽しくありません。担当は、よりお金を出してくれる客ばかりを優先するからです。そういう場所だと思ってください」

「非情でなければならないってことか」

森田は天を仰いだ。

「おそらく。お人好しではすぐにリストラされます。私は、顔が割れているので表立って応援には行けませんが、周囲の情報は常にお知らせできます。不審な女性客とかがいたら、教えてください。裏取りをします。『マリス』はこのビルの六階です」

今村が足を止めた。

花道通りの、やや区役所通り寄り、ずいぶん古いビルだった。

3

冬晴れの午後だった。

二子玉川駅前の巨大ショッピングモールの中央にある野外広場。ビルとビルの間にあるため、吹奏楽にとっては絶好の環境と言える。反響がよいのだ。

そこに簡易ステージが組まれていた。

警視庁交通部の啓蒙活動として行われる音楽隊のコンサートは、午後二時からだった。日曜日なので、家族連れが多い。

美奈はおもちゃの兵隊のような制服に身を包み、ステージに着席していた。

開演に先立って交通部の女性警察官が、交通ルールの説明をしていた。

横断歩道を渡っている人がいる場合、車は完全に渡り終えるまで、横断歩道を横切ってはいけない、など当たり前のことを、マイクを使って喋《しゃべ》っている。

当たり前のことなのだが、忘れている人が多い。

事実、繁華街の交差点では、まだ人が渡り切っていない、あるいは新たな歩行者が渡り始めている、という状況でも、人と人の間隔が大きく開いていると、運転者はどんどんその間を通行している様子をよく見かける。

それが違反ではないと思っている人が大半だ。

タクシードライバーなどは、完全に人がいなくなるまで、横断歩道を突っ切ることはめったにしない。それがマナーやモラルではなく、ルールだと知っているからだ。

一般のドライバーは、交通法規を忘れていることが多い。

ましてや運転免許を取得していない人は、交通法規を学ぶ機会などほとんどない。あるとすれば警察のキャンペーンぐらいのものだ。

したがって警視庁をはじめ全国の警察本部は、こうした交通安全キャンペーンに、猛烈に力を入れている。

交通事故を少しでも無くしたいからだ。殺人事件よりも死傷者が多いのが交通事故だ。何とか聞く耳を持って欲しい。キャンペーンに興味を持って欲しい。警察は本気でそう思っている。

そこで登場するのが音楽隊による演奏会なのだ。

——大げさに考えれば、音楽隊は人の命を救うために演奏している。

いつしか美奈はそう考えるようになった。

一時停止違反や駐車違反などなんとも思っていない人こそ、立ち止まって欲しい。演奏が始まるまでの僅かな時間、交通部の警官たちのルール解説に耳を傾けて欲しい。

そのために自分たちの演奏はあるのだ。

「それではみなさん。速度違反は決してせずに、人生を大切にしてください。ではここからは、警視庁音楽隊による演奏をお楽しみください」

ベテラン女性警官が、そう言って片手を上げた。

指揮者がタクトを振るった。

冬の青空に、音が一斉に駆け上る。空に音符がばらまかれたようだ。

一曲目、グレン・ミラー楽団のナンバーから『アメリカン・パトロール』。テーマソングのようなナンバーだ。

美奈たちサックス隊三人は二列目で演奏していた。前列はクラリネットとフルートだ。

――いい音だ。

吹いていてそう感じた。

セルマーのシリーズⅢだ。日頃使用している国産メーカーのサックスより音色が柔らかい感じがした。

演奏を開始すると、さらに人が集まってきた。パイプ椅子の五十席はすでに埋まっており、それを囲むように見物客が集まってきた。

軽快に吹いていると、立ち見客の中に松永結弦を見つけた。白いポロシャツにグリーンのカーディガン、ベージュのチノパンは実に大学生らしい格好で、爽やかさに溢れている。

美奈は結弦にわかるように、心持ちサックスのベルを突き出した。

結弦が、親指を突き上げる。

二曲目デューク・エリントン楽団から『A列車で行こう』。ジャンプするような曲を続ける。

客はみんな足でリズムを取りながら聞いている。

自然に体が動く――それが音楽のよさだ。

世の中に娯楽はたくさんある。

映画、観劇、ゲーム、読書、美術、スポーツ。どれも素晴らしいエンターテインメントだ。けれどもそのどれも自分から観よう、楽しもうと思わなければ始まらない。

映画は最近では映画館に行かずとも家のテレビで充分楽しめるようになった。しかし、観ようと思わなければ、始まらない。

音楽は街を歩いているだけでも、耳に入ってくる。

ショッピングの後の浮かれた気分のとき、仕事でドジを踏んで落ち込んでいるとき、恋に破れたとき、街中で、ふと流れてきたメロディ、リズム、ハーモニーに癒されたことはないだろうか。

偶然、流れていた楽曲のたった一小節のメロディが、沈んだ気持ちを変えてくれることもある。歌詞に共感し、うっぷんが晴れたり、人生の行く手を照らされた思いをした人も多いはずだ。

それが音楽の持つ力と効果だ。理屈抜きに楽しめる。

いまも『A列車で行こう』のリズムに乗って、幼稚園ぐらいの女の子が笑顔でステージ前で踊っている。無意識に体が動いているのだ。

後方では老夫婦が目を細めて手拍子を取っている。青春だったあの頃が胸に去来しているのかもしれない。

そう思うと、吹いていて嬉しくなる。

三曲目はSMAPの『夜空ノムコウ』。トランペットのソロが見せ場で、同僚の金井美《かないみ》香子《かこ》がステージ中央に進んで披露する。

四十代半ばの女性たちがどっと沸く。自分の青春を投影しているに違いない。

美奈はバッキングに徹していた。他の楽器に重ねてコードを奏でていく。音楽隊は何よりもハーモニーを大切にする。チームプレイの象徴だからだ。

楽譜《スコア》と指揮者、それに観客の様子を順に眺めながら、音量をセーブして吹いた。

観客の中でステージに集中していない男女の一団がいた。他の客から浮き上がって見えるほど、その男女たちは端整な顔立ちで、スタイルもいい。いずれも二十代に見える。

男女は最初、最後列の中央に固まっていた。

美奈は何となく気になり、その一団を凝視した。

男女、それぞれ三名だ。合計六名だが、まったくステージには耳を傾けず、何か話し合っている。

『夜空ノムコウ』が最も聴かせどころであるサビのメロディに入ったところで、六人はバラバラに動き出した。

立ち見客の間に入って、話しかけている。男は女に、女は男にだ。いずれも同世代らしき男女に声をかけていた。

声をかけられたほうは、驚きながらも相手の顔に見入っている。それだけ美形な連中なのだ。

「ナンパ？」

それとも何かのサークルの勧誘なのか。いずれにしても演奏の最中に声をかけまくるとは失礼だ。

そんなことを考えていたせいか、E♭の音がブビッと抜けてしまった。アルトサックスのE♭はピアノのCである。移調楽器なのだ。

指揮者の辻村浩明《つじむらひろあき》が一瞬、ムッとした表情になった。美奈は目で謝罪し視線を楽譜に戻した。

四曲目。今度はアルトサックスのソロパートがあるナンバーだ。指揮者の辻村が五十代の観客を意識して中森明菜《なかもりあきな》の『1／2の神話』を選んでいた。

父曰《いわ》く、明菜の初期の名作だが『少女A』や『DESIRE』に比べ、忘れられがちなナンバーだという。もちろん美奈にとっては、遠い遠い昭和の曲だ。

ただし、この曲のラストの八語——『〇〇〇〇〇〇〇〇』に当たるフレーズは、サックスでやるととんでもなく迫力が出る。

できればテナーで地の底から湧き上がるような低音で吹きたいものだが、美奈にはまだ肺活量が足りなかった。アルトで精一杯、叫んでやるしかない。

イントロから喝采《かっさい》が上がった。

美奈はトランペットの美香子と入れ替わり、中央に進んだ。

客席ではさきほどの美形の男女たちが、客をしきりに観客の輪の外に連れ出していた。それでやたらとなれなれしく話している。

美奈はその光景を見やりながら軽快に吹いていた。やはり五十代、六十代の観客の食いつきがいい。体を左右に揺すって聴いてくれている。

一方で奥の方ではアイドル顔のイケメンがしつこく誘っているようだ。

だが女性は、演奏を聴きたいらしく動こうとしない。イケメンが女の手を摑んだ。そこにどういうわけか、結弦が血相変えて近づいている。

――何が起こっているの？

あれは結弦の彼女だろうか。演奏中だが気になってしょうがない。

『1／2の神話』はサビに入り、旋律がどんどん高音部へと上昇していく。運指も速くなる。そして最も重要なのは、肺活量の配分だ。

音が頂点へ達した。

女がイケメンとかなり揉めている。結弦もどなっているようだ。やたら気になる。

メロディはラストに向かって一気に下降する。この下降も聴かせどころなのだ。

そして一拍置く。

キメのワンフレーズだ。

「いいかげんにして！」

揉《も》めていた女性が叫んだ。

先回りされた。最後のワンフレーズはその八語だ。

美奈は戸惑いブレスが狂った。指揮者も空振りしたバッターのような格好で宙を泳いでいる。

気を利かしてドラムがいったん間を取り、カウントを入れ直す。

カウント4で、美奈は最後のワンフレーズを吹いた。観客も大合唱した。

「いいかげんにして!」

重なり合った声が地響きのようになった。指揮者の辻村がノリノリに乗って観客のほうへタクトを向ける。

ドラムが再びカウント4を入れる。

もう一発。

「いいかげんにして!」

日頃のストレスを発散させるように客たちが大声を上げた。みんな笑顔だ。

ナンパをしていた男女がきまり悪そうに去っていく。美奈は客席に礼をして、元の位置に戻った。

そこからは再びスイングジャズの王道のナンバーを連発していく。全十曲を披露して終演となった。

警視庁のマスコットであるピーポくんの着ぐるみが登場して、帰りがけの人々に交通ルールとマナーが書かれた小冊子を配布すると、観客たちはみな快く受け取っている。

この小冊子の受け取り方で、演奏を楽しんでもらえたのかどうか、ある程度わかる。

人は満足感を得られると寛容になれるのだ。逆に、演奏がつまらなかった、時間の無駄だったと感じると、小冊子など受け取らず、無表情に立ち去ってしまう。

今日はまずまずの出来だったということだ。

楽器を専用のワゴン車に載せて、人気《ひとけ》のなくなった客席に向かう。結弦はパイプ椅子が片付けられていく様子を眺めていた。

「制服を着ていると別人ですね。大学でお会いしたときより、遥かに立派な大人に見えます」

「逆に私は照れくさいな。それより、さっきの揉め事はなに？」

男女の揉め事について聞きたかった。

「集団ナンパですよ。あの男女は怪しげな芸能プロのスカウトなんですよ。実際はタレントではなく、水商売のスカウト。かっこよくて、リッチな雰囲気で近づいてくるので、つい話を聞いてしまうんですよ。うちの姉が引っかかったパターンと一緒です」

「お姉さんが、どうかしたの？」

「いや、それはちょっと」

結弦は視線を落とした。大学で会った時と同じだ。

「あら、私ったらまた立ち入ったことを聞いてしまったわね。ごめんなさい。それより学費はきちんと納めたの？」

「はい、きちんと納めました。来期分は、バイトで何とか作ります。いまは学校があるのでシフトの自由が利く地元の居酒屋で凌ぐことにします。春休みに入ったら物流センターでがっちり稼ぎますよ」

結弦には屈託がなかった。いい笑顔だ。

「結弦君の地元はどこなの？」

「この近くですよ。多摩川沿いの上元町《かみもとまち》です。ぜひ居酒屋に来てください。メールに在店の時間入れておきますから」

「あら、行ってもいいの？」

「もちろんですよ」

「でも、せっかくだったら音楽にちなんだバイトがあるといいのにね」

「それはそうですけど。実績のないアマチュアでは、お金まで払って使ってくれないですよ」

結弦が自嘲気味に笑った。

「あのぐらい吹けたら、ないこともないと思うわよ。これはお世辞抜きの私のプロとしての感想。もしも結弦君にその気があるのなら、私、いくつか当たってみるけど」

「ホントですか。でも堀川先輩、なんでそこまで、僕のことを気にかけてくれるんですか」

結弦が不思議そうな目をした。

「ナンパじゃないことは確かよ。本当のことを言うと、結弦君に公務員試験を受けて欲しいと思っている」

「それって、警視庁へということですか」

結弦が戸惑った表情を浮かべた。

そのとき背中で、音楽隊専用バスのエンジンがかかる音がした。

「ごめん、いずれゆっくり説明する。近々に居酒屋には行きますから、そのときでも。警察は団体行動の規律に厳しいの」

そう言って踵を返した。

バスに乗った後、美奈は、結弦のためになにか音楽的なバイトはないものかと思案した。

——こんな時はあの姉さんに相談するのがいい。

現在は大手芸能プロダクションの顧問をしている警視庁OGがいる。芸能界の健全化に尽くしている元組対部の女刑事だ。もっともそれは建前で、芸能界を交差点とする裏と表の利権の動きに目を光らせているのだ。

ちょうどいい。美奈はそのOGのアドレスをタップした。

第二章　雨が叫んでいる

1

二日後の夕方。美奈は上元町商店街に向かった。

東京の城南《じょうなん》地区にある上元町は多摩川《たまがわ》沿いに広がる住宅地で、近くには有名な美術大学があることでも知られている。

美奈はスマホのマップに従い、駅を出、環状八号線を渡り、多摩川へと続く坂道を降りて行った。ダッフルコートを着て、肩からトートバッグを提げ、右手にはサックスケースを持って歩いていたので、少し汗が出てきた。サックスは国産の中級品。美奈の予備用の一本だ。

この界隈は、高層ビルに関する建築制限があるようで、戸建て住宅と低層マンションばかりが並んでいる。

そのせいかやたら空が広く感じられた。空気は乾いている。坂の中腹を左に曲がると、住宅街の中に忽然《こつぜん》と商店街が現れた。

三百メートルほどのこぢんまりとした商店街だが、寂《さび》れている様子はない。ぱっと見たところ小ぎれいな店が並び、人出も多く活気が感じられた。

駅前の商店街とは環状八号線を挟んでいるため、商圏が独立しているのだろう。近くに大学があるというのも強みだ。

魚屋、青果店、洋菓子店などいかにも昔からやっていますという商店や、最近始めたようなカフェがずらりと並んでいる。

居酒屋『美徳《びとく》』は、その中央にあった。

「らっしゃいっ」

扉を開けるなり、威勢のよい声が聞こえてきた。

まだ客はいなかった。

「あっ、ほんとに来てくれたんですね」

結弦がメニューを抱えて出てきた。

「相談事があってね。でも仕事中は話せないわよね」

「そうですねぇ。でもちょっと待ってください」

結弦は美奈を隅の席に案内すると、店主のところにかけて行った。三十秒ほどで戻ってくる。

「一時間、勤務時間を繰り下げてもらいました。ここ、チェーン店じゃないですから、大将の気持ちでどうにでもなるんです。うち昼からやっているんですけど、夕方四時から六時までがわりと空白なんです」

いまは五時だった。

美奈は立ち上がって店主に向かって会釈した。

「なあに客のいない時間の時給が減って助かるってもんさ。給仕は俺がやる」

スキンヘッドに絞りの捩《ねじ》り鉢巻の店主が陽気に手を振った。いかにも人のよさそうな中年だった。

「生ビールの小とお刺身三点盛りをください。松永君はなにか」

「僕は、これから勤務なのでアルコールはだめです。ウーロン茶をもらっていいですか」

「もちろん」

結弦が立ち上がって店主にオーダーを伝えた。

「で、相談ってなんですか」

「松永君、春休みはいつから?」

唐突に聞いた。

「二月上旬に後期試験を終えたら、もう春休みみたいなものです。それも試験自体があるのは五科目だけですから」

ビールとウーロン茶はすぐに出た。軽くグラスを合わせる。

「ということはそれから四月の上旬まで、丸々二か月はバイトできるってことよね」

「そうですよ。ですから通販会社の物流センターの深夜勤務をしようかと。深夜勤務ですと週五日で、月二十二万ぐらいまで稼げるんですよね」

結弦はウーロン茶を喉を鳴らして飲んだ。

「同じぐらいの出演料で、サックス吹く気ない?」

美奈も生ビールを飲む。渇いた喉に染みわたり、おっさんみたいに「ふぇ〜」と溜息をついた。

「そんないい話あるんですか」

「ある。女性アイドルユニット『東京女神塾《とうきょうめがみじゆく》』のバックバンド。二か月間で二十回公演。つまり土日はすべてということだけど。サックスの日当は本番日八時間拘束で二万円。前日のリハーサルが四時間拘束で一万円。私の計算では五十万稼げるはずなんだけど」

『東京女神塾』は五人組で、アイドルのカテゴリーで売り出されてはいるが、競合する女性アイドルユニットが比較的素人らしさ、清純さを強調しているのに対して、難易度の高いダンスを売りにした、プロっぽいアイドルだ。

キャッチフレーズも『簡単に逢えないアイドル。だから女神』としている。

「そんなの僕にできるんですか」

結弦が目の色を変えた。

「キミの腕ならできると思う」

きっぱり言う。

先日、大学で美奈自身がセッションして得た手応えなのだから間違いない。警視庁OGで現在は大手芸能事務所の顧問にも、美奈が腕を保証した。すると顧問は、あっさりこの仕事を用意してくれたのだ。

さすがは元悪女刑事で、芸能界でも相手の弱みを握っては脅す荒業《あらわざ》を駆使しているようだ。オーディションもせずに、アイドルユニットのプロモーターは引き受けてくれたそうだ。

「そりゃ、やりますよ」

結弦は、拳を握り決然と言った。

「なら、決まりね。この三十曲マスターして。ステージに譜面台を置くといかにも代役《トラ》みたいでかっこ悪いから、完全に暗記して」

トートバッグから楽譜《スコア》の束を取り出した。すべてサックス用に移調されたものだ。結弦は一番上の楽譜を読み始めた。

『ベビーローション』というナンバーだ。

「割と簡単ですね。全パートを吹くだけではなく、合いの手を入れる感じですね」

右足でリズムを取っている。

「他に管楽器が入っているわけじゃないから、ハモは気にしなくていいみたい。大変なのはむしろ間奏。ステージでの彼女たちの動きによってサイズが変わる」

つまりアイドルたちが、観客に手を振ったり、ランウェイを動き回る速度によって、演奏時間が変わるということだ。

「指示はどこから出るんですか？」

「バンマスはドラマー。アイコンタクトで決める。ギターやキーボードが即興《バンプ》で繋ぐことが多いみたいだけど、たまに変化をつけるために、サックスに振ってくるらしいわ。でもそのとき、目立ちすぎてもだめなの。音量を抑えて、あくまでＢＧＭとしてサポートしなきゃダメ」

ＯＧから聞かされたことと、事前に楽譜を読み込み、美奈が感じたことを伝えた。

楽譜は何度も読んでいるうちに、編曲者の意図が徐々に見えてくるものだ。それをいかに正しく理解するかも、プレイヤーの能力となる。

「わかりました。さっそく練習してみたいんですが、あの、サックスを持っていませんが」

結弦が美奈の傍らに置いてあるサックスケースを見やった。

「セルマーは返さないわよ。それとこれは別だから。これ私のサブ用アルト。無料で貸してあげる。マウスピースは新品を用意してきた。これはプレゼント」

単純にセルマーをもう少し手元に置いておきたかったのだ。買えないわけではないが、父親の手前、他メーカーの楽器を購入するのは憚《はばか》れる。いましばらくセルマーを吹いていたかった。

「ありがとうございます。吹いてみていいですか」

「ここで？」

美奈が聞くと厨房《ちゅうぼう》から出てきた大将が『いまならいいぞ』と大声で言った。手に刺身の盛り合わせを持っている。

「ときどきここでも練習させてもらっていますから」

「それなら構わないわ」

ケースをあけて国産のアルトを取り出した。すべてのタンポを押さえて一発吹いた。E♭の音だ。アルトサックスが別名E♭アルトと呼ばれるのはこのためだ。セルマーより硬い音だが、突破力はむしろある。吹奏楽団向きの音なのだ。

「いいっすね」

と譜面を眺めてメロディを奏でた。初見《しょけん》ですらすらと吹いている。読譜《どくふ》のセンスは抜群だ。

『ベビーローション』のサックス部分を一通り吹き終えて、結弦はリードから唇を離した。

「大丈夫そうね」

「はい。問題は、どれぐらいで譜面から離れられるかです」

「三日で覚えて。私がチェックする」

「わかりました。三日後に自宅に来てくれますか。いちおう防音室があります」

音大生の家にはたいがい防音室がある。また音大の近くの学生向きマンションには、防音設備が施されたものが多い。

くれたのだから、当然だ。

「きっかり三日後に行くわ」
自分の目と耳で確かめる必要があった。紹介者は、美奈の耳を信じてこの仕事を回してくれたのだから、当然だ。

と、そこで客が入ってきた。仕事帰りのOL風の二人組だ。続いてやけに美形の男たちがやってくる。別々の客のようだ。

「あいつら、ひょっとしたら」
男ふたりを認めた結弦の眼が尖った。

「松永。まだ三十分しか経っていないがそろそろいいか」
大将が目配せしてきた。

「話はすんだわ。仕事に戻って。私は、お刺身を頂いたら、失礼するわ」

「わかりました。それではこれお預かりします」
結弦がサックスと譜面の入った封筒を抱えて厨房《ちゆうぼう》のほうへと戻っていった。刺身は鮪《まぐろ》と烏賊《いか》と鱸《すずき》だった。それに山盛りのツマ。美奈はあんがいこの刺身のツマが好きだった。ビールを飲みながら、烏賊から食べた。新鮮で美味《おい》しかった。
傍目《はため》にはOL風の二人組が、うっとりとした目で男客を眺めている。確かにイケメンのふたりなのだ。髪の毛はいわゆるレタス風のふわっとした形で、ダークブラウンに染めている。ふたりともカジュアルなトレーナーだが、よく見るとブランド品だ。

ＯＬ風のふたりは、ひとりが黒のパンツスーツでもうひとりがグレーのスカートスーツ。どちらかといえば地味な印象だ。

「あのう、美大生ですか」

グレーのスカートスーツの女性が恐る恐るという表情で声をかけた。たしかに声をかけたくなる男たちだ。オーラを纏《まと》っているのだ。

「いや、とっくに卒業しています。それも一般大学です。俺ら、ウェブデザインの仕事です。クライアントの設計事務所にメンテナンスに行った帰りです。地元じゃないですよ」

ひとりが答えた。

爽《さわ》やかで、紳士的な印象だ。

「あの、ご一緒しませんか」

黒のパンツスーツの女が、ついにナンパに出た。

「ええ、俺たちみたいなのでいいんですか。おふたりは、なんか一流会社のＯＬさんに見えますが」

もうひとりの男が目を丸くした。ピュアな印象だ。

「やだぁ、私たち不動産会社の営業ですよ。それも中古物件専門。毎日毎日、売り手と買い手の間に挟まれて、ストレスたまりまくりの営業レディ」

グレーのスカートスーツの女がそう言い、ぐいっと中ジョッキを呷《あお》った。

「俺らでよかったら……」

男が隣の椅子に置いていたバッグを引き寄せる。『どうぞ』のサインだ。もうひとりも隣の席の椅子を引いた。

女たちは喜び勇んで、彼らの横に座った。

「私たちが奢《おご》るわよ。ねぇ、ナマ中でいい？」

「それに鰆《さわら》の西京焼きね」

「なんだか悪いですよ。きちんとワリカンでいいじゃないですか」

男たちのほうが実にジェントルであった。会話は女たちの愚痴《ぐち》が中心だが、たちまち盛り上がっていく。男ふたりが聞き上手なのだ。

美奈はそんな様子を、不思議な気持ちで眺め、刺身の皿を平らげた。このテーブルからどんどんオーダーが入っていくので、結弦も大忙しだ。

早々に引き上げることにした。

美奈もサックスの練習に精を出さなければならない。三月に東京で四年に一度の『ワールド・ポリスバンド・コンサート』が開催されるのだ。世界中のポリスバンドが東京に集結する。

優劣がつくコンペティションではないが、ホスト都市のポリスバンドとして喝采を浴びたい。それとアルトサックスプレイヤーとして海外のプレイヤーや音楽監督の目にとまるチャンスでもある。

美奈には夢がある。

毎年スイスのレマン湖の近くで行われる『モントルー・ジャズ・フェスティバル』に出場することだ。

いつかその招聘《しょうへい》状が来ることを願っているのだ。プロゴルファーが全英オープンに出場したいと思うのと同じだ。

だが美奈はそのための方法すらわからない。ソリストとしてどこかのジャズバンドにスカウトされなければならないのか。それとも一介の警察官として参加できるのか。

わからないが、とにもかくにも世界の目に触れることが重要だと考えている。

「そろそろ失礼するわ」

伝票を持ち、レジに立つ結弦に渡した。どうしたわけか結弦の目が吊り上がっていた。

「どうしたのよ」

「いや、堀川さんには関係のないことで」

レジを叩きながら結弦は、なおも目を尖らせ、男女が合流したテーブルを見つめている。

「あいつら、ホストに違いないですよ」

結弦が声を潜めて言う。

「気になるじゃん」

「えっ」

驚いて振り返った。

「もちろん、確証はないし、店が立ち入れることじゃないです。二千円ジャストです。僕のウーロン茶は、大将がいいって」

「ごちそうさま」

美奈は現金で払い、四人のテーブルを眺めながら外に出た。ホストだったら、上手なキャッチということになるが、彼らは自分たちから誘ったわけではない。たいした自信だというほかなかった。

美奈が出るのと入れ違いに、中年サラリーマンがひとり店に入っていった。坂道のほうへと進むと、急ぎ足の女性ふたりとすれ違った。どちらも人妻風で地味なオーバーコートを着ているのだが、美形で華やかな雰囲気を纏《まと》っている。

振り返ってみると、ふたりは『美徳』の暖簾《のれん》を潜《くぐ》っていた。

2

午前二時。

土砂降りだった。

森田は後藤と共に、深夜喫茶の窓から花道通りを眺めていた。新闘会をはじめ歌舞伎町の主だった組が昨夜からホスト狩りを始めている。

その様子を偶然見ていた一般人が、スマホで撮影しネットに投稿したおかげで、騒ぎが広まった。

『察俠協定《さつきよう》』が結ばれた案件とはいえ、このままでは警察は何をしているんだという世論が沸き上がる。

新宿東署は緩い介入を試みることにした。

ほとんど終わった頃に駆けつけるという戦術だ。そのため、新闘会の八神には、今夜と明日は十五分以内と時間を切るように告げた。

昨夜やりすぎたのだ。

閉店すぎに狩られたホストは二十人。そのほとんどが、二週間は店に出られないように顔をめちゃくちゃにされた。

ホスト専門のスカウトマンやエージェントと呼ばれるホストの斡旋やマネジメントを行っている男たちも五人ほど攫《さら》ったという。

八神の直轄のラブホに連れて行き、今なお拷問をしているという。五人とも、ヤクザの系列下にない半グレ集団のメンバーだった。

マルボウとしては、そうと知っていても、暴行や窃盗の現行犯でなければ逮捕できない連中だったので、この際ゴミ掃除ができたと思っている。

「八神が言うようにホコリが出始めたな」

後藤がぼそっと言った。

救急車で運ばれたホストたちはもれなく尿検査をされた。すでに十名ほどから薬物反応が出ている。手当されている間に、刑事がチェックした所持品からもぼろぼろ薬物が出てきた。薬物は一部だけ抜き取り、後は泳がせることになっている。

「でも『キム・ミサイル』は出ていないですね」

森田は窓の結露をスーツの袖で拭きながら呟《つぶや》いた。

雨に煙《けぶ》っているせいか、高々と掲げられたホストの大看板が滲《にじ》んで見えた。

王子様系やワイルド系など様々なホストの顔が並んでいるが、雨に濡れた窓のせいで歪んでしまった顔は、いずれも禍々《まがまが》しく、その本性を見る思いだ。

「ホスト自身が使うのは、南米産やマニラ産さ。奴らは眠らずに酒を飲み続けるのが仕事だ。それ以上に強いヤクを使う必要はない。俺が期待しているのは、拷問しているスカウトやエージェントたちだよ。ホストをコントロールしているのは奴らだ。スカウトしホストのノウハウを叩き込みハコに下ろす。店の移籍も奴らが噛《か》んでいる場合が多い。ヤクを下ろしているとすれば、そこが一番可能性が高い」

後藤が、ビルの一角を見つめながら解説してくれた。後藤が見ている先にはヤクザたちが待機している。

そろそろ出てくるはずのホストたちを待ちかまえているのだ。

「エージェントの佐川敬二郎のことは攫ったようですが」

「あぁ、さんざん探し回ったあげく早朝に、事務所に出て来たところを攫ったそうだ。まだ口を割っていないようだが、時間の問題だと思う。ヤクザの拷問は半端ない。それでいて加減を知っている」

「雇いたいですね」

「まったくだ」

後藤は煙草を咥えた。火は付けない。ニコチンだけを吸収している。せこい吸い方のようだが、喫煙者にとってはそんなことでも、いくらか気がまぎれるのだそうだ。

煙草でもそうなのだから、大麻や薬物中毒者が、そう簡単に薬物を断ち切ることはできない。

「今夜も、三十人以上のホストを痛めつけたら、このあたりのクラブとしてはかなりな痛手でしょうね」

休業に追い込まれるクラブもあるはずだ。

「そこが付け目さ。慌てた経営者や、ホストにこれまで以上にノルマをかけたり、不在になったホストの客の奪い合いも起こるだろう。無茶をすれば、必ず破綻《はたん》が来る。刃傷沙汰《にんじょうざた》が起これば、堂々とガサ入れもできる。それとな……」

後藤が大きく煙草を吸い込んだ。

「なんですか？」

「ホストの絶対量が少なくなれば、お前さんが潜り込むのも容易になる。奈良林さんは、それも考えて、八神を暴れさせることにしたのさ。あのおっさんは実にしたたかだよ。いまも、ワゴンの中で飛び出すタイミングを見計らっているんだろう」

後藤が、斜め前に駐まっているミニバンを見やった。奈良林が乗っているはずだ。

ヤクザが暴れ出して、きっかり十五分後に笛を吹く係を自ら買って出ている。

もちろん、その時は後藤も飛び出す。森田に関しては、ホストにあまり顔を見られないほうがよいという配慮で、この喫茶店から俯瞰《ふかん》する役目を担っている。

不測の動きがあった場合に知らせるのだ。そのためにイヤホンと襟章にマイクを付けている。

ぼちぼち帰り支度したホストが出てくる頃だ。アフターの女たちをどこかのバーやスナックに待たせていることがほとんどだという。

「しかし、なんで自分が風俗嬢になってまで、ホストに高額を貢ぐんでしょうね」

森田は雨に滲んだホストの看板を見ながら独り言のように言った。

「うちの今村が言っていた。彼女らにとって彼らは神なんだよ。担当するホストに誰よりも多く貢ぎ、ナンバーワンにしてやりたい。それが彼女たちの幸福感に繋がるということらしい。価値観は人それぞれだが、一晩に百五十万、一か月に平均三百万は常軌を逸《いっ》している。俺はこのシステムを考え出した奴に興味があるね」

後藤のそんな話を聞きながら、窓外のホストの看板をもう一度眺めた。

様々なキャッチコピーが躍る中に『神々が降臨――歌舞伎町マリス』というのが目に入った。森田が潜入しようとしているホスクラだ。

「神か……」

溜息が出た。

と、花道通りで動きがあった。

区役所通り側から、それぞれブランドものの傘をさしたホストたちが固まって出てきたのだ。昨夜の一件があったので店単位で歩いているようだ。

十人ぐらいずつ。三組に分かれて歩いてくる。

小学生の集団下校のような動きだ。

しかもそこには護衛が付いている。ごく普通のスーツを着た二十代の男たちのようだ。

「おかしいですね。日頃、ホストのケツモチをしている半グレとは違うようですよ」

森田は後藤の顔を見た。

「確かに。極道の系列半グレは、八神の号令でホストのボディーガードの仕事は、三日間は理由をつけてさぼることになっている。佐川の率いる『ゴッド・ブレス』とは格好からして違うぜ。森田、奈良林《バシ》さんに伝えろ。よそ者かもしれねぇ」

後藤は早口で言い、喫茶店を飛び出していった。

「奈良林さん、ホストのガードに妙な連中がついています。気を付けてください」

スーツの襟に挿し込んである極小マイクで伝えた。

「ＯＫ。こっちも見えている。よくわからんが八神の判断にまかせよう。極道の縄張り争いに発展するかもしれない。こっちもカメラを回す。お前もスマホで録《と》っておけ」

奈良林のしわがれ声が返ってきた。

「はい」

森田がポケットからスマホを取り出している最中に、通りのあちこちのビルからヤクザが飛び出してきた。いずれも図体《ガタイ》のいいヤクザばかりだ。

しかも昨夜は三十人ほどでの襲撃だったが、今夜は百人ぐらいになっている。八神も、ホストがボディーガードを雇うぐらいはすると考えたのか。

冬にもかかわらず上半身を脱いでいる者が多い。色とりどりの刺青《いれずみ》が雨に濡れて輝きを増していた。

「おらぁ～。腐れホストがぁ」

金属バットでいかにも高級そうなブランドロゴが入った傘を叩き割った。

「えっ、なんですか。僕はその『マリブクラブ』のホストです。ただ歩いているだけです」

頭から血を流したホストが泣きながら、道路に跪《ひざまず》いている。

「ヤクやってんだろう、えぇ。どっから引っ張った。あぁ、言えや！」

ヤクザが叫び、思い切りホストの肩甲骨《けんこうこつ》に金属バットを打ち落とした。激昂してるように見えて、狙いは正確だ。致命傷にならない場所を打撃している。

ボディーガードの男たちも応戦しているが、十人では対処しきれそうにない。

「おいっ、お前らはどこのもんだ。歌舞伎町でガード役とは大した度胸だ」

ヤクザがボディーガードひとりを四、五人で取り囲み鉄パイプで滅多《めった》打ちし始めた。ボディーガードたちは、防戦するのが精いっぱいの様子だが、それでもフットワークでかなり躱《かわ》していた。訓練をきちんと受けているような動きだ。

ただし、多勢に無勢でホストたちを助けるまでにはいたっていない。百人は想定外だったのだろう。

「どこの店だろうが関係ねぇ。ヤクをどこから引っ張ったかって聞いているんだ」

「うわぁっ。エージェントさんからです。その辺、話通っていないんですか」

ひとりのホストがあっさり白状した。

「あいにく、ヤクの件は通ってねぇんだよ」

ヤクザがさらにホストの顔にビンタをくれた。

「勘弁してくださいよ。金なら払いますから。自分、いま手持ち百万ですから勘弁してください」

「俺、五十万しか持ってなくて」

ホストたちが正座し、ポシェットやセカンドバッグから札束を取り出し始めた。金で解決しようとするところがいかにもホストだ。

「金は当たり前だろう。お前とにかく三か月ぐらい休め。な、店出るな」

言うなりヤクザはブーツでホストの顎を蹴り上げた。

と　ボディーガードのひとりがヤクザに突進した。鉄パイプで相当痛めつけられており、額から血を流しているのに、まだフットワークはしっかりしていた。

「てめぇは、ゾンビか」

ヤクザが金属バットで脇腹をフルスイングした。

だが男は、僅かによろけただけで、逆にヤクザの腹部に頭突きをかました。そのまま頭を何度も腹部に叩き込んだ。拳の十倍の威力のはずだ。

「ぐふぇ」

たまらずヤクザが吐いた。

「金は返せ」

別のボディーガードの男が札束を摑んでいるヤクザにタックルした。これも猛烈な力強さで、ヤクザをビルの壁に叩きつけている。

「あうっ」

背骨がへし折れたのに違いない。

「なんだこいつら、格闘家か？　なら遠慮しねぇぜ」

ヤクザが喚き、今度は本気で金属バットを上段から振り下ろした。頭狙いだ。

――それはまずい！

森田は胸底で叫んだ。

が、ボディーガードは、バットのヘッドが降ってくるより先に、右足を上げた。革靴の尖端がヤクザの金的《きんてき》に当たる。

「うぅ」

バットが宙に舞い、ヤクザが股間を押さえてしゃがみこんだ。その顔に、ボディーガードが回し蹴りを打ち込む。

「ぎぇっ」

ヤクザが花屋のシャッターに激突した。徐々に屈強なボディーガードたちが劣勢を挽回し始めた。ヤクザのおおげさな動きに比べて、ボディーガードたちは兵士のように無駄のない攻め方をしている。

本当に格闘家たちなのかもしれない。

ホストが目を丸くしている。

まもなく十五分が過ぎようとしている。だが、メンツを潰されたような格好になっているヤクザたちは、引き上げようとしない。中には匕首《あいくち》を手にし出した者もいる。思わぬ展開だ。

土砂降りはますます勢いを増してきた。

区役所通りの方から車のヘッドライトが近づいてきた。夜なのではっきりは見えない。

森田はスマホで動画を撮りながら立ち上がった。

鉛色《なまり》のマイクロバスのようだ。窓に金網を付けているようにも見える。

「奈良林主任。森田ですが右翼の街宣車のような車が接近してきています。注意してください」

「おうっ、いま警笛を鳴らすところだ」

奈良林の乗る覆面車両の窓が開き、けたたましい笛が鳴った。マイクロバスとは反対側の都立大久保《おおくぼ》病院の方から警官が駆けつけてくる段取りになっている。

ヤクザたちは焦り出した。まだホストたちは完全に叩きのめしていない。しかもけが人まで出している。

仕方がないという顔つきで、区役所通り方向に駆けだした。ヤクザが百人、集団で走る姿は異様だ。

その集団にまったくブレーキングすることなく鉛色のマイクロバスが突っ込んできた。

「うわぁあああっ」

先頭の五人ぐらいが跳ね飛ばされた。

マイクロバスには後続車が三台いた。

いずれも同じ鉛色のバスで窓には金網が張ってある。

二台のマイクロバスのスライドドアが開き、中から作務衣《さむえ》を着た男たちが十五人ほど降りてくる。いずれも中国拳法で使うような朱色の棍棒《こんぼう》を握っていた。

素早い動きで、呆気《あっけ》に取られているヤクザたちの脛《すね》を打っていく。襲いかかってくるヤクザには飛び上がり膝蹴りを見舞い、左右同時に襲われてもバク転で躱《かわ》し、逆に棒を打ち込んだ。拳法の達人のような動きであった。

「くっ、立てねぇ」

「あうっ。何だてめえら、チャイナか」

意表を突かれたヤクザたちは、文字通り足元をすくわれ地を這った。脛を強打されたようでなかなか立ち上がれずにいる。

この間にボディーガードたちは、後方のミニバン二台に逃げ込んでしまった。

奈良林や後藤も動くに動けないだろう。このタイミングで覆面車両から出ると、ここまで黙認していたのがバレてしまう。

あっと言う間の出来事だった。

作務衣の男たちは、ヤクザを立ち上がれなくすると、すぐにバスに戻り、走り去っていった。

予定通り、警笛から五分ぐらい経ったところで、がやがやと制服警官が駆け足でやってきた。

森田も喫茶店を飛び出し、花道通りに降りた。

土砂降りは続いている。

やってきた警察官たちが、驚いて足を止めている。すでに逃げているはずのヤクザたちが、そこら中に転がっているのだ。

後藤が奈良林より先にヤクザに歩み寄った。

「どうした。抗争でも起きたか」

脛を抱えている新闘会の若衆に訊く。

「なんでもねぇ。雨で転んだだけだ。どうってことねぇ」

ヤクザが警察に泣きを入れることはない。

「なら、交通妨害にならないように、さっさと帰れよ」

「わかっているさ」

ヤクザたちは、強張った表情のまま立ち上がり、よろよろと歩いて行った。

奈良林は、路肩にずらりと並び正座しているホストたちに声をかけた。

「君たちは、どうしたのかな。こんな雨の中で大喜利《おおぎり》とかやるわけじゃないよね」

「えっ、いや。すぐに立ち去ります。すみませんでした」

ホストが一斉に頭を下げた。店が違っても揃《そろ》うところが、いかにもホストらしい。そしてホストはヤクザに殴られても、よほどの事情がない限り被害届は出さない。

歌舞伎町は歌舞伎町のルールで成り立っているのだ。

顔を破壊されたホストも、他のホストに肩を支えられて懸命に前を向いていた。

「ご苦労さん。なんでもないよ。酔っぱらいが雨で滑っただけだ」

後藤が警官たちに叫んだ。

すっかり化粧が流れ落ちたホストたちも、助け合いながらラブホ街へと消えて行った。

日頃は競い合っている彼らも、警察の前では団結するわけだ。

森田たちは覆面車両に戻った。新宿東署の若手が運転席にいる。車を発進させた助手席に座った森田はスマホで撮影した動画を再生し、鉛色のマイクロバスの車両ナンバーを読み取った。すぐに交通課に照会を依頼するメールを打った。奈良林と後藤は後部席に並んでいる。

靖国《やすくに》通りへと出たところで、後藤のスマホが鳴った。

「八神からだ」

「スピーカーから出せ」

奈良林が運転手に命じた。

「はい」

すぐに呼び出し音がスピーカーにリンクされた。

「後藤だ。襲撃を仕掛けてきたのは、どこの連中だ」

「わからん。今日のメンツは新闘会だけではなく、歌舞伎町にシマを持つ十団体が合同で組んだ。そこに喧嘩を売るっていうのは極道でも半グレでもねぇ。って言うか、こっちも襲われた」

八神の声のトーンが沈んだ。

「どういうこった」

「佐川を拷問していたラブホに、手榴弾を投げ込まれて、佐川が奪い返された。年中満室のネオンを出しているのに、カップルが入り口の前にやってきて、いきなりドカンだ。若い衆が飛び出したところに、迷彩服を着た連中が十人ほど来ていて、あっと言う間に侵入された。本物のマシンガンでそこらじゅうを撃たれたので、俺も手が打てなかった。あっさり佐川は連れ出された。こいつは歌舞伎町は戦場になるぜ」

「八神、早まるなよ。敵がどこの奴らか、警察が割り出す。そっちにも情報は流す」

「当然だ。そっちがそもそも焚《た》きつけてきたハナシだ。流してくれねぇと困る」

電話を切った。

「ちっ。ここ二十年ぐらいは、海外マフィアも含めて均衡がとれていたのにな。歌舞伎町の秩序が崩壊することになるぜ」

後藤が嘆息する。

「そうはさせねぇさ。八神が叩いてくれたおかげでホコリが出てきたってことよ。いまの連中が大きなホコリだ。掃《は》いて捨てるさ」

奈良林が背もたれに体を預ける音が大きく響いた。森田のスマホに交通課からの返事が入った。

「あのマイクロバス、本当に街宣車でした。『愛国桜友会《あいこくおうゆうかい》』。極右系の政治結社ですね。反共、反リベラルの団体のようです」

「なんだと？」

奈良林が唸った。

「そいつは手が出しにくいですね。民自党の集票団体のひとつだ。慎重にやらないと、永田町から圧がかかりますね」

後藤が額を叩く音がした。

「富沢部長の腹ひとつだ。寝ているところを起こすしかないな」

奈良林がスマホをタップする音が聞こえた。

3

雨上がりの住宅街に虹がかかっていた。

美奈は、上元町商店街のさらに先にあるという結弦の家を探した。昭和のデザインの二階家が並ぶ一帯だ。六十年ほど前に開発された住宅地なので、いずれも最近の戸建てより広い敷地、どの家にも庭があるのが特徴だった。

美奈の実家の杉並《すぎなみ》も以前は、こうしたゆったりした戸建てが多かったが、いまは、かつての一軒の敷地に二軒の狭小住宅が建つという按配《あんばい》だ。

松永家はすぐに見つかった。コンクリート打ちっぱなしの四角いデザインの家。家と同じぐらいの広さの庭には、通りに面してパームツリーが五本並んでいた。

昭和のスターの邸宅のミニチュア版といった感じだが、日本の真冬に見るパームツリーはなんだか寒々しい。芝生がかなり伸び放題なのも、少し気になった。

「堀川先輩、待ってましたよ」

結弦がそのパームツリーの脇からひょいと顔を出した。黒のタートルネックにグレンチェックのワイドパンツ。大学生にしては渋いいでたちだ。

「立派なお宅ね。お庭も広いし」

「でも古いんですよ。祖父の代に建てた家ですから。父がかなりリフォームしましたが、元が古いですから。僕は生まれたときからずっとここです」

「それで『東京女神塾』のツアーナンバーはマスターしたの？」

「はい、ざっと体に入りました。玄関はそっちです。どうぞ」

美奈は玄関に回った。

松永家に通される。埃が落ちている廊下を進むとリビングルームが見えた。広いリビングで、幾何学模様のペルシャ絨毯にレトロ調の家具が配されていた。だがどこか薄汚れた感じだ。

ソファにぼんやり座っていた父親らしき男がこちらを向いた。ボタンダウンのシャツに柄もののベスト。縁なし眼鏡《めがね》をかけていた。だがどこか精気がない。リビングに漂う空気も陰気だ。

「お邪魔します。警視庁音楽隊の堀川といいます」

美奈は明るく大きな声で挨拶した。性格的に陰気臭いのは合わない。

「あっ、結弦がお世話になるようで、ありがとうございます。もうこの家には、私と結弦しかいないもので」

「親父、そんなこと言わなくてもいいんだよ。とにかく俺が稼ぐから」

結弦が不機嫌そうに奥の部屋へと進んだ。

防音装置のある自室に入る。

シンプルな六畳ほどの部屋だった。

通りに面した窓も防音ガラスで、ブラインドが下げられていた。今はブラインドの開きは半分ほどで、日差しが斜めに差し込んでいる。

パソコンを置いたデスクが一台。壁の一面は楽譜棚になっている。

部屋の中央に譜面台と、スタンドにかけられたアルトサックスがあった。

コンクリートの壁にはジョン・コルトレーンのポスターが貼ってあった。

サックス吹きなら誰でも憧れるプレイヤーだ。

譜面台の上には『東京女神塾』の楽譜が重ねられていた。

「なんだかオーディションを受ける気分ですよ」

「オーディションは、大学でセッションしたことで済んでいるわ。今日は暗譜《あんぷ》ができているかどうかの確認」

「はい」

結弦がアルトサックスを抱えた。美奈は学習机の椅子に腰かけ、譜面台を自分のほうへ向けた。

「オープニングの『セクシー・トレイン』から聴かせて」

「了解です」

結弦が足でカウントを取り、すっとリズムのリフレインに入った。体得しているようだ。きちんと譜面通りの音を出している。フィラデルフィア・ソウルの代表的なナンバー『ソウル・トレイン』にかなり似せて作った曲だった。

「いけているわ」

伴奏用の曲をひとりで練習するのは、結構不安なものである。

他の楽器とのグルーヴがだせず、ひたすら自分のパートだけを覚えても、これで合っているのかなかなか自信が持てないのだ。

バンドで合わせる日まで、完璧に仕上げておかねばならないというプレッシャーもある。

だが結弦は、ほぼ完璧にパート譜を暗記していた。ステイしている拍数もきちんと譜面と一致している。

次の曲に進む。ロック調の『ファンキー・ラビット』。間奏では、サックスの即興があるナンバーだ。結弦は、自己主張することなく、無難にまとめている。

ちょっと欲がない感じがするが、今はこれぐらいでいいのだろう。

順調に十曲ほど進み、休憩を入れようとしたとき、結弦が不意に、サックスから口を離した。

どうしたの？　と声をかける間もなく、結弦は窓辺に進みブラインドを全開にした。

黒のセダンが急停車し、人相の悪い男たちが降りてきた。

「あいつら！」

結弦はサックスをスタンドに戻すなり、部屋から飛び出していった。美奈も慌てて追う。

玄関を激しくノックする音がした。

「こらぁ、金返せ！　さっさとこの家、売れや！」

「おまえんとこの母娘は、最初から踏み倒す気で金を借りたんだろう。確信犯だな。ってことは泥棒だ！　おいっ、聞いてんのか、さっさと家売れよ。近所に恥ずかしくないのか」

男たちはそんなことを怒鳴っている。

「うるさいっ。うちは母親とも姉とももう関係ない」

結弦が怒鳴りかえした。

「関係なくないだろう。親子、姉弟なんだから。家族が落とし前をつけるのが当然だろう」

「だから、縁を切っている。嫌がらせには屈しないぞ」

結弦がまた怒鳴り返す。

とリビングのほうで固定電話の音がする。父親が出て、応対しているようだ。声が聞こえてきた。

「あっ、どうもすみません。ご迷惑をおかけしています。はい、ですが、なかなか立ち去ってくれませんでして。ええ、ご迷惑をおかけしています」

そう言って電話を切った。

「結弦、もういいよ。この家を売って、どこかに引っ越そう。俺はもう嫌だよ。こんな暮らし」

父親がリビングの扉の前から、そう声をかけてくる。声の調子は弱々しい。

「だから、親父、この家売っても、あいつらに持っていかれるだけで、俺たちは住むとこもなくなってしまうんだ」

「そんなことを言っても、ご近所は文句を言ってくるし、恥ずかしくて俺は外にも出られないよ」

「そんな体裁《ていさい》なんか今更かまっていられないよ。いったい俺たちが何をしたっていうんだ。みんな姉さんが勝手に作った借金じゃないか」

親子が怒鳴りあっていた。

「事情を知らないで口を挟むのは、悪いんだけど、その借金、ここが担保になっているとか、お父様やあなたが個人保証人になっているということはあるの？」

美奈はとっさに聞いた。

警察は民事不介入だが、警察官として多少の法律知識はある。

「俺は何もないんですが、親父の実印を姉が偽造して、親父は連帯保証人にされています。三千万です。ただし、家に抵当権は付いていません」

「で、あの人たちは債権者？」

「姉が借りたファイナンス会社の代行人と言っています。『桜光《おうこう》ファイナンス』というんです」

「わかった。この場は私が追い返してあげる。けれど後で事情を詳しく教えて」

美奈は警察手帳を翳《かざ》して扉を開けた。

「なんだよ。警察は民事不介入だろうが」

サングラスをかけたいかにもその筋とわかる男が、一歩前に出てきた。

「特殊詐欺にひっかかったようなので、いま事情聴取しています。多額の預金が引き出され、実印が偽造されたようです。これから被害届を提出してもらうことになります。そちらの債務は、どういった内容でしょう」

淡々と言ってのけた。威嚇《いかく》だ。暴対課と兼務するようになり、威嚇はいかに防御になるかを学んだ。特にこの場合被害届という言葉は威力を持つ。

サングラスの男は一瞬にして顔を強張《こわば》らせた。

「俺たちは、そんなことには関係ない。ただここの松永俊介《しゅんすけ》って男が、娘の彩子《あやこ》の借金の連帯保証人になっているから、催促に来ただけだ」

「その借用書はありますか。印鑑の認定をする必要があります。実印偽造は刑事事件です。印相をきちんと鑑定する必要がありますね。こちらであった詐欺も同じように、偽造とにした。

実印が使われていますので」

話を強引に刑事事案に絡ませた。ここは、結弦の実印は偽造されたという話を信じることにした。

「では、その件は警視庁の捜査二課と鑑識から改めてご連絡します。民事には立ち入りません。あくまでも印鑑の真贋《しんがん》チェックです。本物とわかれば、警察が立ち入る問題ではありません。こちらも代理弁護士を立てたうえで、対応すると思います。みなさんは、桜光ファイナンスの社員でしょうか。お名刺頂けますか」

美奈は手を差し出した。

「いや、今日は名刺も持っていない」

「お名前は？　社員の方かどうか電話で確認させていただきます。ご存じかと思いますが、大声をあげて威圧的な態度をとることや債務者の家族に対する取り立ては貸金業法で禁止されています」

この男たちは嫌がらせ用に、依頼されただけだろう。今どき通用しない手だ。

「わかったよ。弁護士さんとやらと話をすりゃいいんだな。まったく借りておいて、踏み倒しかよ！」

サングラスの男は、近所に聞こえるような大きな声を上げた。とにかく松永家にプレッシャーを与えたいようだ。

「まだ、こちらに債務があると確定したわけではないですよね。あたかも、松永さんに借金があるように、吹聴することは誹謗《ひぼう》中傷に当たります。それに住宅街で常習的に大声を張り上げるのは、迷惑防止条例に違反するんですけど。所轄に来てもらいますかね」

美奈はポケットからスマホを取り出した。

「勘弁してくれよ。わかったわかった。引き上げるよ」

サングラスの男が引き下がった。車に向かいながら引き連れていた仲間たちに愚痴を言っている。

「なんだよ、話が違うじゃねぇか。ちょいと騒いだらビビるって、何を根拠に俺たちに発注してんだ。危なく逮捕されるところだったぜ。無駄足五回分の落とし前をつけてもらわないとな」

「ホントですよ兄貴。別件で警察官《マッポ》が入っているなんて情報はまったくもらってねぇ」

手下のひとりもぼやきながら車の扉を開けた。

「説明してもらえますか」

リビングに戻った美奈は、父親の松永俊介と息子の結弦の双方の顔を交互に見やった。

「姉さんがホストに嵌まったのが、始まりです」

「ホストですか？」

「そうです。薬品会社に勤める普通のＯＬだったのですが、西新宿のオフィス街のカフェで毎朝、同じ時間に出くわしたことで会話するようになったそうです。まぁホストが網を張っていただけなんですけどね」

その先は父親が引きとった。

「彩子は、その男――小村永介《こむらえいすけ》と名乗っていたそうですが、すぐ近くの証券会社勤務と信じ込まされていたんです。半年も毎朝、顔を合わせていたらそれは親しくなるでしょう。ところがある日、哀しそうな顔で、会えるのは今朝が最後だと告げられたそうです。突然、リストラされたと。ご法度の相場の手張《てば》りで、大損したと言われたそうです」

美奈は頷いた。ありえそうな詐欺《さぎ》の小ネタだ。父親が続けた。

「一か月は、顔を合わせなかったんですが、小村はある朝、久しぶりにカフェにやってきたそうです。ホストでなんとか借金返済を図っていると」

「そこから……嵌まったと」

「そうです。半年もしないうちに、彩子は風俗で働き出しました。嵌まったのは小村ではなく『マリス』という店のオーナーである張本将司《はりもとまさし》です。小村永介はすぐに姿をくらましたみたいです。キャッチ専門だったんでしょうね。張本はオーナーホストということもあり、多くの指名を持っていて、女同士を競い合わせることに長《た》けていたんだと思います。それまで地道な暮らししかしていなかった彩子は、あっと言う間にマインドコントロールされてしまったんですね。風俗で働くだけでは貢ぐ金が足りず、とうとうあちこちに借金するようになりました。火の車です。二年前のことですよ」

美奈は天を仰いだ。

「ところで、お母様は？　あっ、差し支えなければ……」

家の中で見かけなかったので、気になったので聞いた。

「彩子が風俗で働いていると知って、鬱病《うつびょう》になりました。いえ風俗業の女性を否定するわけではありません。ですが実の娘が、金のために男に抱かれているのを想像すると、親としてはたまりません。絶望と憤怒に苛《さいな》まれます。ですが、またそれを狙われることになります」

「どういうことですか？」

「家内の恭子《きょうこ》は、宗教に走りました。ですがそれもまた彩子の狂ったホストとつながっていたんです」

「えっ」

そこから結弦と父親は交互に話した。ホストクラブの背後にさらに大きな組織が潜んでいるというのだ。

宗教団体。

「家内はある日、すべての禍《わざわい》は、過去の淫縁《いんえん》にあると言い出したんです。因縁《いんねん》ではありません。淫縁です。訳のわからない宗教ですよ」

美奈には重すぎる話であった。警察が最も介入しづらい分野でもある。内心の自由は憲法で保障されているからだ。

だが、とりあえず暴対課の相棒、森田に相談してみようと思う。

宗教団体の名は『光韻寺宗《こういんじしゆう》』ということだった。

第三章　あなたに逢えてよかった

1

「三月の『ワールド・ポリスバンド・コンサート』に向けて鼓隊《こたい》とカラーガードとの合同練習を行う。集中するように」

　指揮者の辻村が譜面台をこんこんと叩いた。

　美奈は直立したまま背筋を伸ばした。府中《ふちゅう》の警察学校の体育館だ。

　ポリスバンドは椅子《いす》に座って演奏するだけの楽隊ではない。女性だけで編成されている鼓隊やカラーガードと様々なフォーメーションを組む行進演奏は、ポリスバンドならではの、様式美をしめす格好の場となる。

　そしてなにより全国の学校にマーチングバンドの手本を示さねばならない。

今回警視庁音楽隊は、もっともポピュラーなヨハン・シュトラウス一世の『ラデツキー行進曲』を選んだ。美奈はこの曲を聴くと、小学校の運動会を思い出す。

世界中のポリスバンドのみならず軍楽隊にも愛されるこの曲を選んだことが、指揮者にもバンドメンバーにも相当なプレッシャーになっている。

おそらくコンサートに集《つど》うバンドでこの曲を知らない者はいないだろうし、演奏経験がない者もいないだろう。

それだけ技量を試される。

体育館の中で音楽隊は横に広い長方形を作った。

その中央にカラーガード八名が入り最初に円を描く。フラッグの色は真っ赤だ。

演奏しながら後列の音楽隊が左右に割れると、そこに真っ白な衣装の鼓隊が五十名、びっしりと入る。

五十名でのドラミングは盛大だが、このフォーメーションはスロープ状の客席から見ると日の丸に見えるようになっている。その日の丸がマーチに合わせて変幻自在に動き、また元の状態に戻るという演出だ。

美奈のアルトサックスはトランペット、コルネット、クラリネットと共に前列を受け持った。両サイドの縦列はフルート、ホルン系、オーボエが中心。後列は、大小のチューバに管楽器のヘビー級と言われるスーザフォン。巻いた管の中に体をすっぽり入れて吹くので体力も相当必要な楽器だ。機動隊出身者から選抜されることが多いのはそのためかもしれない。

さらにその後列には、大太鼓やシンバルも並ぶ。

鼓隊とカラーガードは音楽隊と異なり、全員が兼務隊だ。交通課や地域課の女性警官、それに総務課の職員が多い。カラーガードは、学生時代にバトンやチアーを経験した人たちが多い。

「では、やってみよう。まずは全員、音よりもまずフォーメーションを確認しましょう」

辻村がタクトを振った。

一斉に音が鳴り、ステップを踏んだ。前列の美奈は暫《しばら》くはステップだ。

カラーガードが円を作りぐるぐる回り出したのを気配で感じる。後列が割れて、鼓隊が中に進入してきた。野外ではないので、ドラミングが耳をつんざくようだ。自分の音が聞こえなくなりそうだ。

美奈は必死でメロディをキープした。鼓隊が全員、長方形の中に入ったところで、指揮者が両手を水平に上げた。

音楽隊の四辺が動く。前列は中央から割れて左右に開く。美奈は右手側に動くグループだ。これが案外難しい。体育競技の『集団行動』を楽器を演奏したままやることになる。

この時、よりどころとなるのは歩数だ。一定の歩幅をキープしたまま何歩移動したか、数えていなければならない。指の動きと吹く力の他に歩数のカウントがいる。

美奈は集中しながらきっかり十歩右に移動した。ここで再び、指揮者が両手をVの字に上げる。最も難易度の高い斜め後退だ。当然、後ろを見ることなど、できない。

要は左右に割れた前列が今度はウイング状になるのだ。縦列のメンバーも徐々に斜めになっていく。

空から見下ろすとVの字になっているはずだ。

ひとりひとりの角度は異なる。これが一苦労だ。とりあえず何とかなった。

開いた中央部から鼓隊が流れるように出て左右に分かれる。今度はカラーガードの見せ場だ。中央に進みカラー（旗）を高く飛ばす。バトンのように空中に上げて、落下したところをきちんと受け取り再び振る。空中で何本ものカラーを交叉させたりする演技はまさに圧巻だ。

一曲の間に、様々な隊列の変化を披露し、エンディングに近づくと共に、元の日の丸の隊形に戻って終了した。

久しぶりの合同練習なので、疲れは三倍だった。それでも二度三度と繰り返していく中で、動きはスムーズになっていく。動きと演奏が次第に体に入ってくるから不思議だ。

三時間ほど集中してこの日の練習は終えた。

帰りに顔見知りのカラーガードと鼓隊のメンバーと、お茶をすることにした。ふたりとも二期下の二十五歳だ。

「五十人ってちょっと多すぎだと思う。私、前進しているとき何度もけつまずきそうになった」

鼓隊の清瀬芽以《きよせめい》が黒豆ココアのカップで手を温めながら笑った。本務は世田谷中央署《せたがやちゆうおう》の交通係だ。最近では少なくなったミニパト勤務だ。物陰に隠れて一時停止違反などを摘発する意地の悪い勤務が好きらしい。

自称『切符切りの女王』とのたまっている。

「それはうちらから見ても言える。ぶつかりそうで怖かった」

カラーガードの福岡法子《ふくおかのりこ》が、エスプレッソをテキーラのようにかっと呷《あお》るようにして飲んだ。本務は新宿東署の地域課だ。歌舞伎町の交番勤務にもついている。

「たしかに、三十人ぐらいが適当なんじゃないかな。たぶん、いまごろ指揮者と広報課がそんな相談をしていると思う」

美奈は鼻の下に付いたカフェラテの泡を紙ナプキンで拭《ぬぐ》いながら伝えた。

「そうよね」

「ねぇ、法子。あなた歌舞伎町の交番勤務のときにホストに嵌まっている女性とか見かける？」

「ざらに見かける。一日中うじゃうじゃいるわよ」

「そうなの？　歌舞伎町って、男の快楽地帯だと思っていた」

美奈が言うと芽以も大きく頷いた。

「古いです、その考え。交番から近いある一帯は、ホストクラブのビルばかり。周辺は男の客よりも女の客ばかりです。でもって、道端で酔っぱらって暴れている女がたくさんいるので、女警の出動が多いんですよ。もうね、酔っぱらって嫉妬に狂った女たちって、おっさんの酔っぱらいより面倒ですよ。最近うちの署では、女性用のトラ箱が拡充されています」

トラ箱とは泥酔して公衆に迷惑をかけそうな者を一時的に入れる保護室だ。留置場とは異なる。

「そんななの？」

「もう大変。ホスクラビルの周りを歩いただけで、嫉妬や怨嗟《えんさ》の念が渦巻いている感じよ」

それからひとしきり法子から、通称『ホス狂い』と呼ばれる女たちの生態を聞いた。肝はホストたちは常に、客の競争心を煽《あお》っているということだった。

「でもわかるわぁ、その気持ち」

世田谷中央署の切符切りの女王、芽以が、突如うっとりした顔をした。

「アイドルオタクに通じるわけ？」

芽以は男性アイドルユニット『ダイナマイト王子《おうじ》』の矢車健太郎《やぐるまけんたろう》の熱狂的ファンだ。グッズを買いまくり、可能な限り全国どこのコンサートにも足を運んでいる。

「まさに通じるわね。私だって推しのためなら、有り金全部つぎ込む。コンサートで目が合って健太郎が投げキッスしてくれただけで、失神しそうになるのよ。アイドルの場合、個別に会うことは叶わないけど、もしもよ、お金を払い健太郎がうちに来てくれるってことになったら、私、一千万円でも払うと思う」

「そんなお金ないでしょうよ」

安定しているが地方公務員の給与は知れている。

「健太郎のためだったら、警察辞めて風俗でも何でもする」

キラキラした目で言う。

「それよ。芽以は、所詮《しょせん》いくらつぎ込んでも願いが叶わないアイドルだから、CD、グッズ、コンサートチケット代だけで済んでいる。でも、貢げば貢ぐほど、自分をお姫さま扱いしてくれるホストが対象だったら、歯止めはきかなくなると思う」

と法子。たぶん核心をついている。

「それはそうだと思う。だって健太郎は、私にとって神だもの。彼女たちにとってホストは神なのよ」

芽以の顔は蕩《とろ》けていた。その顔に法子が厳しい視線を投げつけている。

この女警同士のお茶会は、大きな参考になった。

美奈は結弦の姉、松永彩子がホストクラブに嵌まり、母親松永恭子が『光韻寺宗』という宗教団体にのめり込んでしまった話を思い出した。

人は何かの沼に嵌まると容易に抜け出すことができない。

『光韻寺宗』については暴対課情報係の相棒、森田に連絡したが、あいにく潜伏に出たばかりとのことだった。美奈は主任の奈良林に、松永恭子の所在確認を依頼した。

2

「キミはお客さまの神になれるかな」

オーナーの張本将司からそう切り出された。

想像していたよりも、はるかに温和な印象の男だった。マスクは確かに端整《たんせい》だが、いわゆるクールなイケメンとは違う。包容力のある近所のお兄さんという感じだ。四十歳だというが、五歳は若く見える。

「はぁ、自信があるとは言えません」

森田は正直に答えた。

限りなく素人っぽく振る舞うことにしている。すでに山上が書いたシナリオの役になりきっていた。

歌舞伎町二丁目。ホストに恋した女性が飛び降り自殺したビルとは交叉点を挟んで対角側の飲食店ビルの最上階。クラブ『マリス』の客席での面接だった。昼の一時だ。

森田は本名の森田明久のままで、履歴書を作成してきた。

潜入捜査の場合、専用の偽名を用いるのが通例だが、今回は本名をそのまま使用した。森田明久などはありふれた名前であり、被りはいくらでもいる。もちろんプロフィールのバックグラウンドは変えている。同年だが生年月日、現住所はまったく別のものだ。そして身分証明書としてこの国では、まだまだマイナンバーカードよりも信用性の高い運転免許証に、しっかりその生年月日と住所は登録されている。警察が作った運転免許証なので、ある意味本物である。

前職は神奈川《かながわ》県にある介護施設。直近の廃業物件から選び出されていた。それを裏付ける離職票など、様々な小道具も準備されていた。

本名を使ったほうが、咄嗟《とっさ》のときに間違えずに済む。そのうえ今回は源氏名を使うことになるだろうから、混乱を避けるために偽名は避けた。

店内は濃い色の籐《とう》の家具で統一されている。ホスクラとは、過剰なほどゴージャスさを強調しているのではという先入観があったが、実際はカジュアルな雰囲気だ。テーブルごとにダウンライトが差しているが、それ以外は間接照明のみで落ち着いた雰囲気になっている。

南国のリゾートホテルのバーといった趣《おもむき》だ。

「一般的に、接客業では『お客さまは神様です』ということになる。けれどもホスクラは違う。うちらが神でなければ、姫たちは扱えない。あぁ、この世界では客を姫と呼ぶ。男客は入れないから、全部姫だ。殿はいない。そしてホストはすべて王子だ。王子から神になった者が億万長者になれる」

張本が人懐《ひとなつ》っこい微笑《ほほえ》みを浮かべた。張本は『マリス』を旗艦《きかん》店に、歌舞伎町だけで五軒のハコを経営している。最近では六本木《ろっぽんぎ》、上野にも進出しており、関東のホスト業界の一大勢力になっている。

「まったく初めてなんですが、勤まるものでしょうか。それともう三十歳ですし」

あくまでも下手《したて》に出る。

「前職は、介護士だよね。いけると思う」

張本が森田の履歴書を眺めながら、グラスの水を飲んだ。森田は、勤務していた介護施設が倒産して、働き口を失ったという設定になっていた。

「そうですか。飲食の経験なんてまるでありませんが」

自信なさそうに言う。それが山上に指示されたキャラだ。

「夜職の経験なんてむしろないほうがいい。バーテンダーとかキャバクラの黒服とか、なまじそういう仕事をしていた人は、妙な癖がついていて人気が出ないものだよ。姫たちが新人に求めるのは、初心《うぶ》さだ」

「少し、自信がつきました」

「それにホストの仕事は介護士みたいなもんだよ」

「えっ？」

「俺たちの仕事は、酔っぱらいの介護だよ。相手は酔っ払いだ。いくらでも絡んでくる。メンタルは結構強くなければならない。それに、酔いつぶれてフロアで寝込んじまった客を、エレベーターで運びタクシーに乗せる作業は、かなりな力仕事だ。しかも客は、その間も暴れているんだ」

「ほとんど介護現場ですね」

「だろ。そもそも病んだ客が多い。トークの腕も必要だが、最初は体力勝負、アルコールをどんだけ飲めるかが勝負になる。そっちはどうだ？」

「体力は、おっしゃる通り前職が介護士なので、かなり自信があります。アルコールは好きですが、商売としてどれぐらい飲めるかは、また別ものでしょうからなんとも言えません」

「アルコールはまぁ慣れだ。毎日飲んでいれば免疫力はアップする。うちではテキーラやウオッカのイッキは禁止している。一時間やそこらで潰されたんじゃかなわないからな。ホスクラでは、シャンパンを売りのメインにしているのは、そのためだ」

「アルコール度が低いということですか」

「そうよ。ドンペリの十万クラスのボトルも、ヘルプが入って五人がかりで飲んだら、五分で空《から》だ。はいもう一本って、五本ぐらい立て続けに入れても、ホストはさして酔わない。陶器の容器に入った高額ブランデーなんかは、客も見栄《みえ》用の置物に使いたがる。担当としてもそれでいい。昔のおやじホストじゃないんだから、そんなもんガンガン飲まされてもな。とにかくシャンパンだよ」

「わかりました」

「で、給料だが基本、ホストは完全歩合制だ。うちはナンバー5以下は小計のバックだ。最初の一か月は四十パーセントで、週六日勤務。勤務時間は夜七時から午前一時。六時間の勝負だ」

「四十パーセントですか。実感がわかないのですが」

「簡単さ。客が十万円のシャンパンを一本入れたら四万円のバックだ。二本入れたら八万円だ。楽勝だろう。そんな客が、六時間の間に三人も来てくれたら、一晩で二十四万の稼ぎってことだ。六日勤務で百四十四万。四週で五百七十六万だ」

「えっ」

森田は単純に驚いた。そんな報酬は聞いたことがない。

「それがホスト稼業だ。実績が上がってきたら五十、六十とバック率は上がる。トップクラスの中には、八十パーバックなんてのもいる。要は実力の世界。ホスト業界では億男はざらにいる」

張本は、電子タバコを深く吸い込み、大きな煙を吐き出した。

「あの、小計っていいますと?」

森田は聞いた。漠然とは理解できるのだが訊いてみた。

「あぁ、ホスクラは実際に客がオーダーした飲み物や基本料金を小計という。この中には指名料も入っている。この小計に、うちの場合二十パーセントのサービス料が乗る。だから百万の小計の客は、百二十万払うことになる。これが総計だ。消費税は別だ。ナンバークラスのホストには、総計のバックを払うことにしている。十万のボトルは総計十二万だから、四十パーセントでも四万八千円のバック。まぁナンバークラスになると六十パーセントバックが普通だから、七万二千円が自分の稼ぎってことになる。でかいだろ。だけどな森田君。それは、一日に三十万から五十万を使う客を十五人とか二十人とか持つようにならないとなかなか難しい。ホスト界は担当制だ。客は一度担当として指名したホストを、変更することはできない。同じように、ホスト側も、担当のいる客を奪うことはご法《はっ》度《と》だ」

「つまり、僕は、自分でお客を開発しなくちゃならないということですか？」

「そういうこと」

張本はまた独特の茶目っ気のある笑いを浮かべた。無理難題を笑顔のまま、いとも簡単に言ってのける。それがこの男の才能かもしれない。

「僕には、ホストクラブで高額を使えるような女友達はいませんが」

森田はがっくりとうなだれて見せた。

「ネットワークビジネスや無限連鎖講じゃないんだ。親兄弟や友人の勧誘からはじめるというもんじゃない。ホストは育てのビジネスだから」

「育てのビジネス？」

耳障りがよすぎて、逆に詐欺師の話を聞いている気分になる。

「この業界では外販と呼ばれる、客引きがいる。あちこちのホスクラに通いなれている女や、ゴジラビル（新宿東宝ビル）のレストランで食事をした後に、興味本位でさくら通りや花道通りに紛れ込んでくるＯＬとかに、声をかけるんだ。まぁ、キャッチだけど、ぼったくりバーのキャッチとは違う。初回サービスは一時間で三千円から五千円のセット料金のみ。これはこの辺りの共通ルールでどこの店もきっちり守っている。初回の客を奪い合うことから仕事は始まる。これは他店で働いていたとしても同じだ。うちは初めての客を引っ張ってくるのは大歓迎だが、そいつが元いた店で指名を受けていた客が、うちにも来ていて担当が決まっている場合、そいつはもうその客に手を出せない。初回の客から開発しないといけない。初回で来た客に興味を持たせ、リピートしてもらうことができたらそこからが育てだ。おっと、俺はこれから他の店にも回らないといけない。ちょっとした事件があってな、ホストが足りなくなっている。森田君、今がチャンスだ。どの店も売れているホストが休業している。下剋上《げこくじょう》のチャンスだ」

　張本が立ち上がった。

「あのぅ。その初回で来たお客さんともうまくいかなかったら、収入はゼロなんでしょうか？」

　森田も立ち上がって、追いすがるように言った。

「心配するな。一か月だけは最低保証をつけてやる。時給一万円だ。六時間で六万円。ただし、上手く初回はヒットし、延長してボトルとか入れて、六万円を超えたら、歩合優先だ。ダブルはない」

「いや、それは当然で、時給でそんなに貰えるんですか」

「それもホスト界の常識だ。高いか安いかは、そいつの考え方ひとつだ。ただひとつだけ言っておく。ホストの価値は稼いだ金で決まる。すべては金だ。働きゃわかる。育ての仕方は、先輩に聞け。聞く場合は、きちんと金を渡せ。世間の非常識が歌舞伎町の常識。それも覚えておけ。すべては金だ。同業者は仲間ではない。仲間のように演技しても、それは共存共栄のためだ。そこらへんはきっちり頭に入れておくことだな。採用だ」

　と張本はセカンドバッグから財布を取り出し、十二万円をくれた。

「二日分の先払いだ。出店前までにサウナで汗を流して、美容院で頭をセットしておくとい。初回相手は見た目が勝負だ」

そう言って出ていった。

3

午後七時、十五分前に森田は再度マリスに入った。

オーナーに言われた通りサウナで二時間汗を流し、美容院でシャンプーカットすると、身も心もスキっとした。

ホールにホスト二十名が揃い、店長の草元光一《くさもとこういち》が点呼を取り訓示を始めた。

「被り客同士のトラブル防止には、ヘルプがしっかりやるように。自分の売り上げにはならなくとも、退屈させずにメインが戻るまで上手くつないだヘルプには、優先的に初回を回す。オーナーからの指示だ」

そんな訓示があって、最後に森田が紹介された。

「新人の森田明久くん。源氏名はオーナーが毛利《もうり》としました。元介護士だよな」

店長が森田を向いた。

「はいそうです」

「そいつは助かるわ。爆死女の処理頼みてぇわ」

ホストから声が飛んだ。小ばかにしているのではない、ということがすぐにわかった。

「ちゃんと処理料払うよ。三万ぐらいで頼みたいね。俺、力ないし、その面倒くさい時間を他の客に回せたら、十や二十稼げちゃうから」

ホストにとっては、まさにタイムイズマネーなのだ。

「そういうのは自分、自信あります。とにかくわからないので、よろしくお願いします」

とにかく平身低頭した。

嫌われないこと。これが潜入捜査の基本だ。

「誰か、毛利の指導を買って出る者はいないか？」

店長がホストたちを見回した。驚いたことに全員が手を挙げた。

「珍しいな。元介護士は人気ということか。それなら今夜は悠馬《ゆうま》に預けよう。悠馬、段取りを教えてやってくれ」

髪の毛をアッシュブラウンに染めた、目の大きなホストが片手を軽く上げて、笑った。

テレビに出て歌っているアイドルがそこにいるようなオーラがあった。

「悠馬はナンバークラスだ。接客を見て覚えろ」

店長に肩を叩かれた。

「よろしくお願いします」

森田は体育会のノリで声を張り上げ、両手を外腿につけて軽くお辞儀をした。たぶん相手は年下だ。あまり深々とするほうがおかしいと思った。

開店となった。

シャンデリアの灯りが適度に絞られ、BGMがかかる。ピアノジャズだ。ホテルのラウンジのような落ち着いた雰囲気になった。さっそく客が入ってきた。

店長草元の客で、二十代後半だった。ざっくりとした大きめのワンピースを着ている。黒髪のロングヘアで額を隠すように前髪は切りそろえていた。大きめのワンピースを着ているのは太目な身体《からだ》を少しでも隠したいからだろう。

派手なイメージはない。むしろ地味だ。暗い表情に見えた。

草元が席に着くと、とたんに顔が明るくなって、シャンパンをオーダーする。すぐにヘルプがふたりついたが、森田はまだ待機だった。

待機席から興味深く眺めていると、悠馬が話しかけてきた。

「草元さんと彼女、同棲しているんだよ。だから毎日、開店と同時にやってくる。一時間だけいてすぐ帰る。店長の縁起担ぎだね。今夜も繁盛しますようにって、七時のオープンと同時にまず自分の本営《ほんえい》の女を呼ぶ。えらいよ」

悠馬の声は低いがよく通る、声優のような声だった。

「同棲していても、わざわざ店に来て金を払うんですか。それって店長の自腹ってことですか。わざわざ自分の女を呼んで……」

すると悠馬は声をかみ殺して笑った。腹を抱えている。

「馬鹿言えよ。ってか年上にすみません。でも、ここでは俺のほうが格上なんで、タメ語でやらせてもらいます。指名で、俺を抜いたら、すぐに敬語に変えますから」

「いや、かまいませんよ。でも何がおかしいんですか」

「自分の女なんて、ホストにはめったにいないよ。性処理用の趣味客はいても、それからでも、引けると思ったら、いくらでも巻き上げる。同棲は持って半年、早けりゃ一週間。深入りすると、寝てる間に刺されたりするから。あっ、これべつに武勇伝ひけらかしているんじゃなくて、ホストは命がけの仕事ってことです」

「つまり本気の恋愛に見せかけた営業ってことですか」

「その通り。ホス狂いの客は、そのぐらいのことは知っている。店長の彼女も、ここに一時間だけいたら、すぐにデリヘルの仕事に出る。あの女《ひと》、たぶん、昼も夜も風俗で働いている。だから、同棲しているっていっても寝ている店長を一瞬眺めているだけなんじゃないの」

悠馬が淡々と語っている。

「悠馬君も、本営しているんですか？」

「当然でしょう。ホストは接客業じゃなくて色恋を売っているんだから。客は酒だけ飲みに来ているわけじゃない。疑似でもいいから恋をしたくて来ているんだから」

いきなり本質に迫る話になった。

「俺にそんな才能ないですよ」

森田はあえて本音を吐いた。おそらくホストになって誰もが最初はそう思うのではないだろうか。

「拒《こば》まないことだよ。どんな客でも愛情を注いだ振りをする。振りだよあくまで。プライベートなら絶対にパスしたいような女でも、ここではお姫様扱いする。それができるかできないかじゃないだろうか。金を払うのは客だからさ。俺たちは絶対に店では選《え》り好みしない。だから勘違いも生む」

そこまで言ったところで、悠馬に指名が入った。午後七時三十分だ。

「悠馬王子。真理恵《まりえ》姫の来店です」

黒服が呼びに来た。ホスクラにも黒服はいるのだ。内勤さんと呼ばれている。

「よしっ。毛利君、行くよ」

悠馬は颯爽《さつそう》と立ち上がった。森田は後に続いた。後に続くのは慣れていた。先輩刑事につくのと同じ感覚だった。

奥まった席に着いた。普通のOLのような黒のスカートスーツの客だった。ストッキングも黒だ。ただし、メイクは派手だ。すらりとしている。

「姫、今日はやけに地味だね。どうしたの？　いやそれも似合っているから、不思議だけど」

悠馬が満面に笑みを浮かべて言う。

「コスプレよ。社長秘書の役」

真理恵が照れくさそうに笑う。

「じゃぁ、これからそれ脱ぐの？」

黒服がボトルを持ってきた。透明なガラスの靴のボトルだった。それといかにも高価そうなブランデーボトル。

「パンストは破りたいって。スーツはもともと昼職だった頃のもの、取っておいてよかった。切り裂かれてももういいんだけどね。百万くれるおっさん」

真理恵が森田に向かって、

「ピンク三本」

と言った。

戸惑う森田を制して、悠馬が手を上げた。黒服がすっとんで来る。

「ピン三ね」

にこやかな表情で言い、

「彼、毛利君。今夜デビュー」

「あっ、それでボーっとしてたんだ。王子の席に着くなんて百年早くない？」

真理恵はプイと横を向いた。

「あの、お酒作りましょうか」

森田はガラスの靴のボトルを引き寄せた。キャップを回した。

「あんた何してんの、それ飾りボトルだってば」

真理恵がいきなりテーブルに置いてあったコースターを投げつけてきた。

「すみませんっ」

森田は平謝りだ。

「シンデレラのキャップ開けちゃったじゃない。信じられない。この新人ヘルプ外してよ」

真理恵の眉が吊り上がる。

「いや、毛利君、俺の心情を察してくれたのさ」

悠馬が真顔で真理恵の顔を見つめた。少し怒っている顔だ。

「どういうこと？」

真理恵の表情も変わる。

「だって、入ってきていきなりおっさんに抱かれる話でしょう。俺、ムッとするよ。あぁ、俺は、そんなに真理恵姫にムリさせてんだってね。毛利君とはさっきそんな話していたんだ。俺たちは姫たちをどんなに愛しても、所詮はどうにもならない仲だってさ。そこんとこよく覚えておくようにって」

悠馬は教えてくれたこととまったく逆を言っている。

「そんなぁ。ごめん悠馬。私、気が利かないよね。脱ぐところを想像してもらいたくて、言っただけなのよ」

真理恵はもう泣きそうな顔だ。

「それで、俺が真理恵の裸を妄想して、発情すると思ってんの。哀しいだけだよ。悔しいだけだよ。ホストを本気で嫉妬させるなんて、最低だよ。帰ってくれないか」

悠馬のほうが先に涙を流している。

――マジかよ。

まるで本物の恋人同士のような会話だ。森田はこの場にいるのが、いたたまれなくなってきた。目が泳ぐばかりだ。

そこに黒服がシャンパンボトル三本とフルートグラス三個を持ってきた。なんとも間が悪い感じだ。

ボトルはドンペリニヨンのロゼ。通称ピンドン。酒屋で買っても四、五万するはずだ。

もちろん森田は飲んだことがない。

「頭に血が上っているから、こんなボトル、床に叩きつけたい」

悠馬が床を見たまま言った。靴底で床を撫でていた。

「いいよ。それで気が済むなら。割っちゃっていいよ……」

真理恵は蚊の鳴くような声で言い、俯《うつむ》いている。

「おうしっ」

悠馬がピンドンのボトルを握った。

「王子、ちょっと待ってくださいっ」

バスタオルを何枚も抱えた黒服が駆け寄ってきて、床に敷いた。三枚ほど重ねている。

物凄い手際のよさだ。相撲の行司が、力士が闘っている最中に落ちたさがりを瞬時にして拾い上げるシーンに似ていた。黒服は逆に広げたのだから、行司よりすごい。

「頭に来た！」

広げられたバスタオルの上に、ピンドンのボトルが叩きつけられる。悠馬にためらっている様子はなかった。バスタオルが敷かれるのを待っているという芝居らしさも感じられない。黒服のファインプレーに見える。

ボトルが木っ端微塵《こっぱみじん》に割れ、シャンパンがタオルに吸い込まれて行く。悠馬は、そのまま二本目、三本目を叩き割っていった。

鬼の形相《ぎょうそう》だ。

他のテーブルも静まり返り、待機中のホストは総立ちになってその様子を見守っている。

「あ〜、まだすっきりしねぇ。もう、飾りボトルもいらないよな」

悠馬はシンデレラと呼ばれるガラスのボトルを手に取った。

真理恵は呆然としたままだ。悠馬はそれを思い切り叩きつけた。粉々になり、床に敷かれたバスタオルからはシャンパンとブランデーの入り混じった匂いが立ち上ってくる。

「悠馬、ごめんよぉ。本当にごめんなさいっ」

真理恵が床に飛び降りる。ガラスの破片の上に手をついて土下座だ。森田は面食らって立ち上がった。おどおどするばかりだ。

悠馬の手はブック型の陶器のボトルに伸びた。

その瞬間に、店のライトがさっと消えて、一秒後に再点灯した。

そこで悠馬の手が止まった。ブックに描かれている絵は、森田でも見覚えのあるルノワールの有名なものだった。

「あ〜、すっきりしたぁ」

突然、明るい調子で言う。

「ホント、王子、機嫌直してくれた？」

真理恵が上目使いに悠馬を見上げている。

「溜まっていた精子をドカーンと出したみたいに、すっきりしたぁ」

目覚めの瞬間のように、両手を大きく天井に向けて伸ばした。

「よかったぁ」

涙で顔がくしゃくしゃになった真理恵が手を上げ、座りなおした。その肩を悠馬がそっと抱く。森田は、座っていいのか、そのまま立っているべきなのか、混乱したままだ。

「あれ、飲むものないな。ブック飲んじゃうわけにもいかないしね。姫どうする？」

悠馬が明るい調子で言っている。

「毛利君、お願い。ピンクをこのテーブルに三本。それにご迷惑をかけたテーブルに一本ずつ……えっと五本ね。それオーダーして。シンデレラは私が開けたってことでいい」

真理恵が手の甲で涙を拭いながら、周囲のテーブルに会釈しながら言っている。

森田は、黒服の方へすっとんで行き、オーダーを入れた。

待機席のホスト七人が一斉に声をあげる。

「真理恵姫、本日の小計百五十万突破！　毎度ありいっ」

百五十万！

ピンドン都合十一本だから一本が十四万相当ということだ。まさに世間の非常識が歌舞伎町の常識ということを、目《ま》の当たりにした思いだ。

黒服が十秒と間を置かずにボトルを持参し、別の黒服が客のいる五卓のテーブルに、ピンドンを配っていた。

「コールは要らない。しっぽりタイムだ。毛利君だけつけて」

悠馬が黒服にそう指示した。森田はおそるおそる席に着いた。目の前でふたりは体をまさぐり合っている。

黒服は待機席から飛び出そうとしたホストたちを両手を上げて制していた。

「毛利君、ボーっとしてないで栓《せん》抜いて」

悠馬に睨まれた。

「はいっ」

慌てて栓を押さえる針金を外す。

「危ないよ。ちゃんとナプキンで押さえて」

細かな指示をもらった。

「あっ、はいそうでした」

森田のこれまでの人生で、シャンパンの栓を抜くという経験はあまりない。そう言えばテレビドラマのシーンでソムリエが栓にナプキンを被せて、飛び出すのを押さえながら金具を外していたのを見たことがあった。その記憶に基づいて、栓を抜いた。手のひらの中で、ぽんっと音がする。

目の前では真理恵が悠馬の腰に両手を回し、乳房を押し付けていた。

森田は、フルートグラスに注ごうとした。

「違う、他の二本も開けて」

真理恵の髪を撫でていた悠馬が小さく言う。

「は、はいっ」

急いで残りの二本の栓も開けた。

「姫、準備できた」

「うん、ありがとう」

ふたりは、体を離すとボトルを握る。悠馬の鋭い視線が、森田に飛んでくる。そういうことかと合点がいき、森田も残りの一本のボトルのネックを握った。

いきなりＢＧＭがスローバラードに変わり、ボリュームが上がった。ミラーボールが回り、店内の壁や天井に星屑が舞う。

「真理恵姫のために」

「ありがとう。私、本当にあなたに逢えてよかった」

「俺もさ」

ふたりが見つめ合い、ボトルに口をつけごくごくと飲み始めた。森田も真似しないわけにはいかない。ふたりを眺めながら飲んだ。終わらない。

ひょっとしてイッキ飲み？

たぶんひょっとしなくてもイッキ飲みだ。七百五十ミリリットルの発泡酒を飲み続けるのは結構ヘビーだった。

二十五秒。

だいたいそのぐらいで三人同時に、ピンドンを飲み終えた。ＢＧＭが絞られる。再びピアノジャズに変わった。

「仲直りってことでいいかな」

悠馬の口にはまだ泡が付いたままだ。

「うん……」

真理恵が、紙ナプキンでその泡を拭《ふ》いている。

「頑張れよ、仕事」

「うん、仕事だから」

真理恵はそっと腕時計を見やる。

「わかっているから。もう嫉妬なんかしない」

言いながら黒服に向かって指をクロスさせる。すぐに伝票が運ばれていた。森田は金額が見えなかった。

「はい」

真理恵はハンドバッグを開け、銀行の帯封のついた札束を二束差し出した。森田は卒倒しそうになった。

「これで足りると思う」

「お待ちください」

黒服は札束を持って引っ込んだ。

「ありがとう」

と悠馬。

「今夜、ラスソンとれるといいね」

「真理恵のおかげで、きっと歌えると思う」

ラスソンってなんだ？　森田はマラソンしか知らない。

黒服が三十秒ほどで戻ってきた。とにかくこの店の黒服の動きは速い。

「十二万二千円のお釣りになります」

置いて去っていく。真理恵は無造作に受け取り立ち上がった。悠馬がエスコートしながらドアに向かった。

森田もついて行こうとすると、通りがかりのホストに制された。

「お見送りはふたりきりにさせるものだ」

「わかりました」

覚えることが多すぎる。

4

「悠馬君、鮮やかな鬼ガチャだったね。十秒で小計四十五万売り上げた」

待機のソファに戻ると、隼人というホストが寄ってきて軽く拍手した。マロンブラウンのふんわりカット頭。悠馬に引けを取らない感じのイケメンだ。悠馬より肌の色が濃く野性味に溢れていた。

「いや、ラッキーパンチ。ヘルプの毛利君がナイスなドジ踏んでくれたので、上手い具合に鬼ガチャに入れた。超絶ラッキー。めったにああはいかないよ」

悠馬は森田の肩を叩きながら笑う。

「そこだよね。俺なんかだったら、ポーズで思い切りヘルプを怒鳴っちゃうところだ。勉強になった」

隼人が客の付いているテーブルを見やりながら頭を搔いた。

「だから、さっきのは運だって。内勤さんたちも手際がよかった」

と悠馬は立ち上がり、ホール全体を見回しているふたりの黒服に声をかけた。

「長峰《ながみね》君、田中《たなか》君、ナイスアシストありがとう。これ少ないけどアシスト料」

ふたりに三万円ずつ渡している。

「恐縮です。僕らも焦りました。あの流れでブックボトルを割られたら、僕らの責任ですから。ライトを消すのがあと三秒遅れたら、アウトでした」

長峰という黒服が、深々と頭を下げた。

「いや、俺が三本目を叩きつけるのが早すぎた。危なかったな。あのブックボトル割るのはまずいよな。なんてったって四十年前の骨董品だ」

「それも、『ムーラン・ド・ラ・ギャレット』の柄ですからね。これからどれだけ値が上がるかわかりません。僕らじゃ弁償できません。ホント焦りました」

「お互いアイコンタクトをしっかりやろうな。真理恵がダイブするまで、ブックはきっちり残しておかないと」

「はい。こちらこそ気をつけます」

ふたりはまたホールの中央に戻っていった。

森田は呆然と今の会話を聞いていて、空恐ろしくなった。

「全部芝居だったんですね」

「当然。毛利君、いまの一時間にホストのすべてが凝縮されていると思ったほうがいい。恋愛なんだよ。その瞬間は、客の本気の恋人にならないといけない。そして、反射的に売り上げにどうつなげるか考えないとね。芝居だけど、台本があるようでない。その場その場で、全力で客の気持ちを引かなくてはならないってこと。全力集中だよ」

「凄すぎますよ」

「やりながら腕を上げていくしかないね」

「質問していいですか?」

「一問、一万円」

悠馬が真剣な目で言う。

「わかりました」

森田はポケットから、前払いしてもらった一万円札を取り出した。まだ十万円残っている。二枚抜く。質問はふたつだからだ。

「もらう前に質問を聞く。答えられない場合もある」

その向こう側で隼人も頷いた。

「わかりました。今の黒服さんとの会話でブックボトルの話が出ましたが、あれはすでにお客様が買い上げたものではないのですか。飾りボトルといってもお金を払った以上、所有権はお客様にあると思うのですが、よくわかりません。それともうひとつ。悠馬さんが割ってしまった場合、なぜ黒服さんが弁償しないといけないんですか?」

「簡単すぎるから金はいいや。ひっこめな。それと年上が、さん付けは気持ち悪い。ここでは基本、すべて君付けだ」

「わかりました」

森田は二万円をポケットに戻した。

「まず飾りボトルだ。飾りボトルというのは、封を切らないことが前提の見栄の塊みたいなボトルだ。すべて五十万以上。三百万、五百万というのもある。さっきのシンデレラはうちでは八十万で出している。あれはガラスじゃない。クリスタルだ」

それをうっかり開けてしまおうとした森田は背筋が凍った。

「だから、切り抜けるにはあの手しかなかった。そうじゃないと毛利君が弁償して一本入れることになる」

「えっ？」

「だってそうだろう。客の大事な見栄ボトルを断りなしに開けちまったんだ。弁償するしかないじゃん」

聞いて絶句した。

「ただし、これは決して毛利君を助けたわけじゃない。初日からリスクを負わせて、明日から出てこなくなったら、俺の責任だ。つけが回ってくるのはいやだから、あの手に出るしかなかった」

「なるほど、そりゃ偶然だ。めったにあっては困る」

隼人が同意した。

「心から感謝します。やっぱ、二万円払います」

森田はポケットに手を入れた。

「いっぱしの口は稼いでから言えよ」

「わかりました」

店内のＢＧＭが大きくなりだした。

「ぼちぼち、気合タイムだな」

隼人が言い、腕時計を覗いた。午後九時。緊張しているせいか時間が進むのが速く感じられる。客が続々と入って来て、待機のホストが順にホールに出ていく。

「話を飾りボトルに戻そう。封を切らない見栄張り用のボトルということは、永遠に店の中で眠っているということだ。わかる？」

ＢＧＭはスイングジャズ風になっている。南国風のインテリアにスイングジャズ。古い映画の世界に紛れ込んだ気分になる。そうだこの風景は、モノクロの映画の『カサブランカ』だ。会員なら無料で観られる映画チャンネルで何度か観ていた。

「わかります。でも……」

森田は判然としない。

「客の物だと言いたいんでしょ。それは持ち帰った場合はね。でも見栄ボトルを持ち帰る客はいない」

悠馬のその会話を隼人が引き継いだ。

「そして客は、金が切れるといずれ来なくなる。六か月来店がなければ、期限切れぇ～」

おどけた調子で言った。

「そういうことですか」

森田はようやく合点がいった。つまり売ったといって、実は貸しているにすぎないというわけだ。

「そうした中でも、あのブックボトルは超お宝だ。骨董品なので、相場というものが存在しない。いまでも流通してる酒とは違うんだ。真理恵に卸《おろ》した一年前はコロナ禍の真っ最中とあって八十で出したけれど、次は七百でも出せるだろう。客の顔色を見ながら、価格を自由に交渉できるボトルってことさ。特に八〇年代のある特定の絵柄のボトルは年々投機性が高くなっている」

悠馬が解説してくれた。ホストというよりもフィナンシャルプランナーのようだ。

「ひぇ〜」

マジで驚いた。そんなものをもし自分が割ってしまったら、取り返しがつかないことになる。

「で、内勤さんのことだよな」

「はい、それも、よくわかりません」

「俺らは役者、あの人たちは舞台回しのスタッフだ。俺たちが迫真の演技をしているときに、小道具を用意したり音や照明を調整するのはすべてあの人たちってことになる。もちろん、決まりごとはオーナーや店長が作っているけど、動くのは彼らだ。俺がシャンパンボトルを割り始めたときから、彼らは暗転させるタイミングを見計らっているわけよ。こっちは何かきっかけがなければ、どこまでも激怒の芝居を続けるしかないからね。まぁ、ベテランのホス狂いになると、その辺も見抜いているんだけどさ。真理恵はまだそこまでじゃない」

悠馬が、大きく背伸びをした。

歌舞伎町の常識は世間の非常識だ。森田は狂った世界だと確信した。薬物使用の疑惑はますます強くなった。

ほどなくして隼人が呼ばれた。

「じゃぁ、俺も負けずに頑張らないと」

入ってきた客は、女子大生風だ。量販店で売っているようなダッフルコートを脱ぐと、ベージュのチノパンに焦げ茶色のカーディガン。どこかおどおどしている。

「佳乃《よしの》姫、お帰りなさい。バイトお疲れさん。腹へっとらんか？　夕食になんか取るかい？」

隼人が肩を抱いて、席にエスコートしている。たったいままで、待機席で放っていた野性的なオーラはぴたりと消して、優しい兄貴のような振る舞いだ。

それもまるで家に帰ってきた妹を迎えている雰囲気だ。待機席から比較的近い席に通された。騒いでいる他の客からは切り離した感じだ。

「シャンパンを入れっとよ。私なんかじゃ、普通のモエ・エ・シャンドンでもいい？」

佳乃という女の声が聞こえた。ふたりは同郷か？

「いいよ。そんなの入れなくても。佳乃姫は無理をする必要ないから」

金がすべてのホストの口から意外な言葉が飛び出した。

「ホントにいいの？　どうして私みたいな地味臭い小娘に、そんなに優しくしてくれんのよ」

「いや、佳乃ちゃんは、おなじ博多《はかた》もんやから、俺、営業かけれんばい。こんなところで金ば使ったら、もったいなか。初回の五千円と同じで今夜もよかたい。酒も缶ものでええよ」

隼人がさっと手を上げると、黒服が缶チューハイ四個と出前のメニューを持って走った。

「隼人君、イケイケに見えたんですけど、人によっては優しいんですね」

森田はちょっと感動した。人情もあるのだ。

「あれは育ての客だよ。隼人は彼女が太い客になるって見込んだのさ。俺もそう思う。佳乃姫は、風俗に行ったら爆稼ぎするだろうね。あの初心《うぶ》っぽさにおっさんはいくらでも金を出すさ。いずれその金は隼人に降ってくるんだけどね。だいたいあいつのホントの故郷は岩手だ」

悠馬が小声で教えてくれた。

「えっ。それが育てなんですか」

森田もさすがに声を潜めた。

「そういうこと。一年かけるつもりで隼人はやっている。その間、彼女が来るたびに、店に自前で五万入れている。投資だよ。月に二回来て十万だ。安いもんさ。来年の今頃、彼女はテーブルの上にブックボトルを飾っていると思う。俺負けちゃうね」

その予言は当たるのだろうか。

当たって欲しくないと、森田は佳乃の横顔を見ながら願った。

「私、隼人君に出会えてよかったよ。おかげで退屈だった毎日が一変したもの」

佳乃が明るく笑って缶チューハイで乾杯した。

これはまさしくマインドコントロールの始まりだ。ふとオーナーの張本から言われた言葉が頭に浮かんだ。

『キミはお客さまの神になれるかな？』

ぞっとしてきた。

店はそれから続々と来る客で混んできた。悠馬の客にもう一度ついた。セレブ風の人妻で高柳早苗《たかやなぎさなえ》といった。

夫と共に小さな貿易会社を経営しているという。夫が銀座のクラブに足繁く通っているので、自分も歌舞伎町に通っているのだそうだ。

悠馬を気に入ってるのは、経済や経営の話ができるからだと言う。品よく一時間半飲んで、三十万払って帰った。しっかり領収書も貰っていく。悠馬は確かに、為替相場の値動きなどに詳しかった。森田はこの客に関しては納得がいった。

銀座の歌舞伎町版という感じで、悠馬も色恋営業はしていない。

午後十一時。

「初回入りましたぁ」

黒服が叫ぶ。待機中のホストはもちろん自分の客を接客中のホストも一斉に色めき立った。

「わっ、殺し屋だ」

悠馬が唸った。

見ると女子プロレスラーのヒール役を絵に描いたような巨漢で人相の悪い女がふたり入ってきた。ひとりはパッチワークのワンピース。もうひとりはテディベアの絵入りのトレーナーにブルージーンズのミニスカート。不釣り合いすぎて不気味だ。

「えっ」

森田も腰が引けた。

だが店長と黒服が、森田を手招きしている。当然だ。初回がオーディションのようなものなのだ。

「ああいうのがホスト殺しなんだ。たぶん、うちは初めてでもあちこちの店を回っているはずだ。外販さんも嫌な客を回してきたなぁ。きっとあちこちで出禁になっていると思う。うまくかわさないと痛い目に遭うよ。がんばれ！」

「って、どうすれば？」

「賭けだけど思い切って、ブチューとキスしてみろよ。舌まで絡めて。それぐらい博奕《ばくち》に出るしかない」

「嘘でしょう」

「無理にとは言わない。時が経つのを待つという手もある。だけど金は持っていると思う」

悠馬に肩を叩かれ、森田はふらつく足で初の披露目に向かった。

「はじめまして。毛利です」

ホストふたりで向き合って座る。初回は、指名されない限り、ヘルプと同様で隣には座らないシステムなのだそうだ。

店長から、持ち時間は十分と耳打ちされた。六十分の間に、ふたりずつ合計十二名をつける。

もうひとりは中堅どころの真也《しんや》というホストだ。

「私は千鶴《ちづる》。デブ専のヘルス勤務、悪い？」

森田の目の前で、金髪のばさばさの髪を揺らしながら女が言う。テディベアのトレーナーの女だ。すでに酒臭かった。

「とんでもありません。ふくよかな女性好きです」

すかさず森田は答えた。

千鶴がちょっとはにかんだ。

その横の色とりどりのパッチワークのワンピースを着た女が、真也と森田を見比べながら言う。

「けどさぁ。評判のマリスっていうわりには、しょぼいホストじゃね？　お前さっさとチューハイのプルトップ引けよ。こらぁくそ王子、亜由美《あゆみ》さまを舐めているのかよ」

パッチワークの女が真也を怒鳴りつけた。

「はいっ」

真也は謝ったが、目が血走っていた。誰だってこんな客に好かれようとは思わない。

「なんだよぉ、その態度気に入らないね」

亜由美がテーブルを蹴った。最初から喧嘩腰だ。

「ちょっと姫、いきなり勘弁してくださいよ」

プルを引いたばかりの缶からチューハイが飛び出し、真也の顔に飛び散った。

「毛利、なんだその顔、お前も、ホントはうちらのことドブスだとバカにしているんだろ」

千鶴も吠えた。

「そんなことありませんっ。僕は千鶴さんが大好きです」

自分でも驚くことを口走っていた。大声になっていた。それはおそらく自分に会話力がないせいだ。こうした場合どうとりなしてよいのかわからず、好きだと言ってしまったのだ。

隣で真也も亜由美もポカンとしている。

「嘘つけおまえ。バカにしやがって。よしわかった指名だ。隣来いよ」

ぬっと立ち上がった千鶴に腕を摑《つか》まれた。

「いや、マジで……」

「私らはね、そうやって何人もの男に騙されてきたんだ。くそ、お前もそんなに金が欲しいのか」

隣の席に引きずりこまれ、どすんと脇腹に肘鉄《ひじてつ》を食らった。逆側から亜由美も頭を小突いてくる。

ええい、面倒くさい。森田は千鶴の顔を両手で押さえ、思い切り唇を重ねた。黙れっ！ というつもりだった。

舌をべろべろ挿し込んだ。

——えっ？

千鶴も猛烈に絡めてきた。涎《よだれ》も送り返される。気がつくとがっしり抱きしめられていた。

——わわわ。

唇を離した千鶴が蕩けた顔で言う。

「あんたみたいな男にいつか出会えると思って、ホスクラに通っていたの」

直後、千鶴が右手を上げて、

「ピンドン十本持ってこいや！　こらぁ、者どもさっさとコールしろよ！」

と怒鳴った。

「えぇ〜、チューは千鶴だけ？」

後ろから亜由美が、耳元に囁いてくる。

「えっ、はい」

森田は振り向こうとした。

「だめに決まっているだろ。亜由美、おまえ帰れ」

千鶴が亜由美を小突く。仲間割れだ。こんなふたりに暴れられたら、大変なことになりそうだ。

真也は『俺はむりっ』という顔で椅子を引いた。

待機のホストが全員集まってきた。ピンドンボトルが十本並び、ホストたちが次々に栓を抜いていく。悠馬もいた。なんとナンバー入りホストの悠馬が栓を抜いてくれている。

「面白くないわよ！」

亜由美がボトルを一本持って立ち上がった。真也の頭を狙っている。

――危ない。

と思ったときに、悠馬が亜由美に抱きついた。ボトルを握った手を押さえたまま、ブチュ～とディープキスをした。

亜由美がうっとりした顔のまま、ボトルを下ろし、両手を何度も開閉した。

「亜由美姫もピンク十本でよろしいということで」

店長の草元が確認している。亜由美もベロチューしたまま頷いた。

「千鶴姫に亜由美姫、ざっと三百万！　毎度ありぃ」

ホストが一斉に唱和した。

「毛利君、お代わり」

千鶴がまた唇を重ねてきた。

「はい、飲んで、飲んで、涎も飲んでっ、はい、はい、はいっ」

シャンパンコールが続く。ボトル二十本が、回し飲みであっと言う間に消えていく。

黒服がどういうわけか照明をかなり絞ってきた。暗い。

「ややや……」

森田の股間に千鶴の手がしっかり触れている。勃起《ぼっき》なんかするな。その願いもむなしく分身が屹立《きつりつ》してしまった。

再び明るくなると、ボトルはすっかり空になっていた。

千鶴と亜由美は、その後は高級ワインを数本入れ、うわばみのように飲んだ。亜由美にはなんと悠馬が担当となった。このホストはまさに猛獣使いだ。閉店間際までふたりは飲み続けた。

会計はひとりあたりざっと二百万円。

どちらも、デニムのトートバッグを漁《あさ》り、財布を取り出した。ふたりとも有名な外資系クレジットカードの限度額最高で数千万円のプラチナカードだ。

森田は、何とも見た目と不釣り合いな印象を受けたが、黒服は恭《うやうや》しく跪《ひざまず》き、決済処理端末機を持参した。カードには触れないのが店としてのマナーらしい。ぼったくりの疑いをなくすためだ。

ふたりとも大きな指で暗証番号を押していた。使用明細書がプリンターから出て、ふたりはきちんと受け取った。

すべてのテーブルの会計が終了したところで、店長の草元がマイクを握った。

「今夜の総計ナンバーワンは真月《まづき》悠馬君。四百四十二万！」

各テーブルから拍手が起こる。

「あー。記念日でもないのに、四百超えられたら、追いつきようがねぇ」

「俺、今日エース呼んだのにな。かなわなかった」

ホストの溜息が飛びかう。エースとはその担当の中で、もっとも多くの金額を払う客を指している。それは今村から聞いて知っていた。

「いやーん。私も雅彦《まさひこ》のために、もっと頑張らなくちゃだめだぁ。来月、雅彦のために絶対タワーやるから」

客も悔しがった。どの客も担当をナンバーワンへと押し上げたいのだ。そのために、日々頑張って稼いでいるということだ。それも男には真似のできない風俗という仕事が中心だ。

今夜一日、店にいただけでも『私、頑張ったんだから』、『来月も頑張る！』という客たちの声を何十回も耳にした。ホスクラとは、従業員ではなく客のほうが頑張る場所のようだ。

「ということで、今夜のラスソンは、悠馬君」

草元が悠馬にマイクを渡した。なるほど、ラスソンとはその日のラストソングという意味だ。そしてそれを歌う権利は、その日の売り上げナンバーワンにあるということだ。

悠馬が照れ臭そうに笑い、マイクを握る。森田は千鶴に抱きしめられながら、聞くことになった。

選曲はEXILE TAKAHIROの『Love Story』。

悠馬は歌もうまかった。店内は別れを惜しむ客たちが盛んにホストの身体を触っている。

と、森田の横からは鼾《いびき》が聞こえ始めた。しかも左右からだ。千鶴と亜由美が鼾でハーモニーを奏でている。

悠馬の歌が終盤に向かう頃、ふたりの体はずるずると床に滑り落ちていく。

すべての客が出終わった後、森田はひとりずつ背負って、花道通りに出た。重労働だった。悠馬もエレベーターの開閉やタクシー手配など手伝ってくれたが、体力仕事はすべて、森田が担った。

泥酔者を乗せるのを嫌がるタクシードライバーも、悠馬が三万円を渡すと笑顔で引き受けてくれた。すべては金かとうんざりするが、現実はそうなのだ。百万単位の金を落とすホス狂いの客に三万円の経費は安いものだろう。

「悠馬君、気前いいですね」

店に戻りながら訊く。

「金より時間だよ。時間があれば、頭と口で稼ぎは増やせる。俺は金にならないことに時間を浪費しない。それだけだよ。店で稼げるのは約六時間。正味四時間の勝負だ。三回転が限度だよ。タクシードライバーと口論をしている暇はないでしょう。俺、今夜はアフターはないから、とっとと帰って寝るよ。ホストは寝ないとだめだ」

実に合理的な考えの持ち主だ。

森田の初日は、そんなふうにして終えた。

千鶴はまた来るのだろうか。森田は微妙な気分になった。

第四章　デザイア

1

「山上課長、民自党への忖度《そんたく》は要らない。遠慮なく『愛国桜友会』を叩いてください。政治団体を名乗った反社集団というのが正体であれば、早期に撲滅しておくべきです。私の立場など、一切気にしなくていいです。警視庁はここ十年、官邸に忖度しすぎました。本来、警察は役所の中でも最も政治と距離を置かねばならない立場です。やりましょう」

警視庁本庁舎十二階の組織犯罪対策部の特別応接室で部長の富沢誠一にきっぱり言われた。珍しく玉虫色の表現を使わず、明確な撲滅宣言をした。

一週間前のことだ。

それで暴対課としては森田を潜入させた。

それでも山上は富沢の真意を測りかねていた。

いずれ政界への転出が噂される富沢が、民自党議員に忖度しないわけがないのだ。

——なぜ『愛国桜友会』がらみの事案を積極的に洗わせる？

不思議だった。

マルボウが薬物捜査するのとは異なる政治判断があるはずであった。

とにかく『愛国桜友会』は民自党の絶大な支援団体である。

その主張は、再軍備化や核爆弾共有化であり、主張を同じくする保守系議員の選挙支援をしていることで有名だ。

『愛国桜友会』の母体は宗教団体の『光韻寺宗』。

信者数は約十万人とされており、これも大きな票田である。小選挙区で当落ギリギリの議員に三万票ぐらいが回されたら、いっきに当選ラインに届く。

『光韻寺宗』宗祖は天堂《てんどう》真澄《ますみ》という戦前の大物右翼で、昭和初期から上海《シャンハイ》や満州《まんしゅう》の旧陸軍特務機関で活躍していた人物だ。

戦後、帰国した天堂真澄は、北鎌倉《きたかまくら》に居を構え、保守政治家たちに資金提供を開始する。この資金源は、満州時代の在留物資を占領下で売却した利益と推定されている。

一九五二年（昭和二十七）。天堂は北鎌倉にて『光韻寺宗』と防共政治団体『愛国桜友会』を同時に興す。資産への租税回避と保守政治家への支援金集めのために宗教法人を興したというのが、一般的な見立てだ。

主権を回復したばかりの一九五二年から約二十年は、日本中に左派勢力の暴風が吹き荒れていた時期だ。

労働組合の過激なデモや、授業料値上げに端を発した学生運動の勃発期であった。

警察介入の困難なこうした事案に『愛国桜友会』は、天堂の特務機関として出動し、過激派たちを抑え込んだという。歴史の闇の部分である。

そうした時代が落ち着くと『愛国桜友会』の活動も目立たなくなった。宗主の天堂真澄も逝去《せいきょ》した。

代わって本体の『光韻寺宗』の活動が活発になる。過去の淫縁を断つために、私財を捨てて身を清めるという教義の布教がさかんに行われたのだ。

これ自体は問題ない。信教の自由は憲法で保障されている。だが、その布教の強引さが八〇年代はマスコミに叩かれた。

信者集団による集中的な個別攻撃である。眠らせずに延々と説得され、家に帰してもらえないなどの被害が続出した。

またある信徒は『オナニーがやめられないのは、祖先に盗人がいたためで、手に祟《たた》りがある』と言われ高額な洗浄装置を買わされたそうだ。

裁判沙汰も多くあった。

だがそうした『光韻寺宗』の活動が、ある時期から他のカルト集団よりも目立たなくなった。

三代目宗主、天堂郁人《いくと》による改革が進んだと喧伝《けんでん》された。事実強制的な勧誘や霊感商法の事案が一気になくなったのだ。特にこの十年はまったく被害届けがない。

いまや『光韻寺宗』は穏健な宗教集団に様変わりしたとも言われている。そうした状況から民自党議員たちも大手を振って交流するようになったようだ。

その『光韻寺宗』の関連団体である『愛国桜友会』が突如、歌舞伎町に出現し、極道と揉め事を起こしたのは腑《ふ》に落ちない。

同じように部長の富沢が、その『愛国桜友会』を叩いても構わないと指示してきたのも解《げ》せない。

「国政選挙が向こう二年はないというのが、富沢部長の中にはあるのかもしれませんね。いまなら、普通に捜査できると」

一緒に小会議室の窓の外を見ていた主任の奈良林が額を撫でながら言った。

見える景色は皇居の森だ。

「それしかないな。組対部長である間に、大きな実績を上げておきたいということだよな。特に『キム・ミサイル』の実態解明には、並々ならぬ意欲が感じられる。刑事部長や公安部長より先に得点を上げたいのだろう。そうでなければ『愛国桜友会』に手を突っこめなどと言うはずがない。いよいよ、主要三部門の部長の次の椅子取りゲームが始まったということだな」

山上としては、そうとしか考えられなかった。

「課長もここでポイントを上げておいたほうがいいんじゃないですか。富沢部長が、副総監か警察庁《ホンチヨウ》の局長にコマを進めたら次は部長争いが激化します。自分としても薬物銃器課長が前に進まれたら、困ります」

奈良林が耳触りのいい言葉を吐く。

「森田は上手く潜ったようだが、何か摑むまでには、まだ相当時間がかかるな」

潜入はまだ三日目だ。急がせると破綻《はたん》する。山上としては歯がゆい思いだ。

「思わぬところから『光韻寺宗』ルートの情報が入りました。音楽隊の堀川美奈です」

「どういうことだ?」

「音楽隊員の勧誘として目を付けた学生の姉がホストに嵌まり、母親が『光韻寺宗』に入信していたそうです。借金までして献金しているそうで、母親の所在地確認の依頼が来ました。自分がいま地域部と交通部に割り出しを依頼しているところです」

要は家出人捜索のようなものだ。

入信したとされる『光韻寺宗』の城南支部のある地域を受け持つ所轄に当該女性の写真と特徴を送り、情報を得ようとしているところだ。もっとも本格捜査ではないので、よほど運がよくなければ、探し当てることは難しい。

「バシさん。それはうちの集中監視に切り替えていい。堀川と組んで、その母親を探し出して、接触してくれ。森田ルートとは異なるとっかかりになる。警察の介入ではなく、息子の相談者になれば問題ない。あくまで私人としての張り込みということで」

――俺は運がある。

山上はそう思った。

「わかりました。さっそく堀川に本務に戻るように伝えます」

奈良林が敬礼した。

「いや、バシさん。逆がいい」

山上は空を見上げながら言った。白いすっきりしない空だ。

「はい？」

「堀川を本務に戻すのではなく、バシさんが音楽隊に出向してくれ。そのほうが私人ぽいだろう。息子の音楽繋がりだと」

机上の案を出すのは得意だ。

「いや、自分は、まったく楽器などできませんが」

「それは音楽隊に行ったら行ったで、どうにかなるだろう。事情を話して、部長から兼務命令を出してもらう」

奈良林が困惑し怒るのは承知しているが、山上としては暴対課情報係という部門を、もう少し大きな組織にステップアップしたいという思いもある。

組対部に於ける諜報部門としての専門課への昇格である。

暴対情報課。

暴力装置の初動が、あらゆる事件の端緒になる。それを押さえることができれば、警察の成果は格段に上がるはずである。そしてそれができて初めて公安や内閣情報調査室と張り合うことができる。

国内の反社組織への諜報活動は勿論、外国系マフィアへの対策は従来の威嚇《いかく》捜査ではなく、情報系の充実が最重要課題だ。

十年前までのようにヤクザと道端でタバコを吸って話し合えなくなったいまは、潜入捜査以外に方法はないのだ。

山上は、半年前に堀川美奈をサックス奏者として六本木に潜入させたときの成功体験を生かしたいと思っていたところだ。

ミュージシャンは案外どこへでも潜り込める。

「マジですか、課長」

奈良林は唇を震わせていた。

「バシさん、ここは踏ん張ってくれ。僕はバシさんに初代暴対情報課の課長になってほしい。これは公安と差別化する意味でノンキャリの課長ポストになるよう進言する」

ノンキャリの最大の花形ポストと言えば捜査一課長だ。ここだけはキャリアが触れられない土の香りのするポストだ。暴対情報課もそうあるべきだ。

キャリアの仕事とは、本来そういうことを考えることである。捜査は現場のたたき上げ刑事に任せたほうが上手くいく、というものだ。

「わかりました。何か自分でもできる楽器をあてがってもらいます」

奈良林はやや不貞腐《ふてくさ》れながら、敬礼した。

2

三日後の午前十時。

片側二車線の上元町四丁目の交差点に昔の楼閣を思わせるデザインの家が建っていた。昔風とはいえ、ごく最近に建てられた建築物であることは間違いない。コンクリート造りで、真新しさが漂っている。二階の窓に並ぶ縦格子はいかにも風流を装っているが、よく見れば鉄製である。わざわざ茶色にしてあるが、陽の反射の具合で、それが金属であることは容易に見当がついた。

「あれが寺なんですかね」

美奈はダッフルコートの襟《えり》を掻き合わせながら、奈良林のほうを向いた。寺と交差点を挟み、対角にあたる位置にいた。煙草《たばこ》店の前だ。『笹野《ささの》インターナショナルシガレットセンター』。間口、一間《いっけん》ほどの煙草店のくせにたいそうな看板を付けている。

「そうあの中に、松永恭子さんはいるという情報だ。ひょっとしたら娘の彩子さんも一緒にいる可能性もある」

スキンヘッドの奈良林は赤い毛糸の帽子を被っていた。正面に緑色の銀杏《いちょう》の葉のようなマークがついている。クリスマスカラーのようだが、強面の奈良林には、それがやけに似合っていた。

「それにしても、情報提供者はいつ帰ってくるんでしょうね」

「まったくだ。この煙草店はいつ開くのか、わからんな」

　奈良林がくるりと回って、煙草店を向いた。

　五坪ほどの土地に建つ店は、なんとなく交番のような佇《たたず》まいだ。残念ながらシャッターが下りており、張り紙がしてあった。

『散歩中です。気が向いたら戻ります。いつとは言えません。ほとんどの煙草は、右に二百メートル進んだ位置にあるコンビニにもあるはずなので、そちらにどうぞ。店主　※立小便禁止！』

　ユーモアの達人なのか、ただの偏屈《へんくつ》者なのか。人物像は推し量りにくい。手書きの文字は達筆だ。

「本人が出てくるのが先かもしれませんね」

　しかし、ここでじっと張るのは、あからさまだ。

「ぶらぶら歩くか」

　奈良林が毛糸の帽子のちょうど額の中央上に当たる位置にあるマークの上を撫でた。

「大丈夫です。レンズが光ったりはしていません。わからないですよ」

と自分も、メガネのブリッジを触る。伊達メガネにつけた小型のカメラレンズだ。

「そうか。コンビニでトイレを借りて、アンパンでも買おう」

「やっぱり張り込みはアンパンなんですか」

ふたり、並んで歩いた。刑事に転属になって以来、聞きたかったことだ。

「刑事ドラマは、割と正確に作られている。マルボウで張り込み中、ジャムパンやクリームパンを食う刑事は少ない。中身が垂れるし、唇にくっつきやすい。第一ヤクザに見られたらかっこ悪い」

「おにぎりでもいいじゃないですか?」

吐く息は真っ白だ。寒い。

「握り飯は、急いで食うと米が崩れやすい。飯粒のついた手で手錠《ワッパ》は握りにくい。消去法でアンパンになるんだ。ってかそんなことより、ドラムってやっぱり譜面てのがあるんだよな」

奈良林が聞いてきた。

「あります。他の楽器とは違いますが。ということは主任、ドラムに決まったんですか」

真横を大型トラックが通過していったので、大声で聞いた。

「あぁ、あの指揮者が、音階楽器よりは、どうにかなるんじゃないかってな」

「うーん」

正直、昨日の夕方、奈良林が突然、十七階の大合奏室にやってきたときには驚いた。美奈以上に他の隊員が驚いたはずだ。

呼んでくれれば自分のほうから十二階に降りたのに、と胸底で呻いたが、なんと奈良林の手には、辞令が握られていた。兼務命令だ。

事情を聞いて山上課長の意図を知って納得した。覆面任務のための特訓ということらしい。

「堀川、初めて会ったときにドラム叩いていただろう」

代々木《よよぎ》公園での交通講習のイベントの時だ。薬物捜査で観客の中に入っていた奈良林と会ったのだ。

美奈が偶然飛ばしたスティックが犯人の足にからみつき逮捕に至った。それがもとで、幸か不幸か、暴対課への異動が決まってしまったのだ。幸い、潜入捜査の事案が解決したのち、音楽隊との兼務が許可された。

「はい。でもあの時は、私も、ピンチヒッターだったんです。だからスティックを飛ばしちゃったりしたんですけどね」

メインのドラマー川本裕次郎《かわもとゆうじろう》が、コロナ感染者の濃厚接触者となり自宅待機中だったために、急遽《きゅうきょ》代役を務めたに過ぎない。

「でも、いちおう叩けるんだよな」

「はい、取りあえず音大の器楽学科卒ですから、打楽器も多少の基礎があります」

「俺は体育大学の武道学科だからなぁ。芸術系はまったく縁がない。この捜査の間にも川本君から、特訓をうけることになっている。恐ろしいよ」

強面《こわもて》の奈良林が、いつにない自信なさげな声になっている。

「譜面の見方ぐらいは、私が後で教えます。上元町商店街に楽器屋さんがありましたから、一緒に行きましょう」

「小太鼓ぐらいは、買ったほうがいいよな」

「スネアドラムのことですね。当面は隊の予備スネアで練習でいいじゃないですか。自宅とかで練習するのは防音じゃないと、近所迷惑になるだけです。あっ、そうだ。ヘッドホンで練習できる電子ドラムがあります。フルセットだとそれなりの値段ですから、スネアだけを探しましょうか。こんなことを言ってはなんですが、玩具的な電子ドラムでも、リズムの勉強にはなります」

「ほう。それは面白そうだな」

奈良林の顔に力強さが戻ったところで、コンビニにたどり着いた。

美奈は張り込み刑事の定番、アンパンと缶コーヒーを買った。用心のために、トイレも済ませておいた。缶コーヒーは握っているだけでも暖が取れて助かった。

奈良林は、どういうわけかレジの背後に並んでいた箱菓子をひとつ買った。洋菓子セット。千二百円のものだった。他にも袋菓子やらなにやら買い込んでいる。

「それどうするんですか？」

「差し入れだよ」

「どちらにですか？　寺に持って行くんですか？」

「いや、決まっているわけじゃない。使わない場合は自分で食う」

レジ袋をぶら提げながら、また煙草店の方へと戻った。不思議なもので、レジ袋を提げているだけで、この界隈《かいわい》の住人のような気分になってくる。

ということは、周囲からもそう見えるということだ。

煙草店の前に戻った。シャッターは下りたままだ。

「まだのようですね」

美奈はぶるっと肩を震わせた。

「張り込みは辛抱だ」

「でもバレませんか。普通、車の中から見張りませんか」

「もっといい方法があると思ってな。車は車でいずれ用意するがまだその段階じゃないだろう」

奈良林は、じっと光韻寺別院を見つめている。誰も出てこなかった。

「逆側に歩くか」

と奈良林が一歩踏み出した瞬間だった。角からひょいとグレンチェックのハンチングを被った老人が出てきて、ぶつかりそうになった。痩せた老人だった。

「これはどうもすみません。年寄りなんで転ばないように下を向いて歩いていました」

ポケットから鍵を取り出している。

「ひょっとして、こちらのご主人ですか？」

奈良林が訊いた。

「はい。煙草ですか」

「それもあるのですが、ちょっとお話を聞きたくて」

「この店は売りませんよ。もう六十年もやっているんですからね。あたしゃここで死にたいんだ。通りを眺めたままぽっくりとね」

と前に倒れる仕草をする。

「我々は地上げ屋ではありません。警視庁の者です」

「嘘でしょう。この前来た人は制服をちゃんと着ていた。赤い毛糸の帽子を被って、警察だと言われてもね」

老人は不機嫌そうに言った。八十はとうに超えているようだ。

「私服の刑事です」

奈良林は声を潜め、警察手帳を一瞬だけ翳した。

「んっ？」

老人は怪訝《けげん》な顔をして、

「耳は遠いし、老眼が進んでいる。そんな小さな声で言われても聞こえんし、そんなにまぢかで見せられても、読めん」

漫才ではない。普通の会話だった。

美奈はすぐに老人の耳もとに唇を寄せた。

「すみません。警視庁の刑事です。警察手帳を提示しますよ」

言ってから素早くポケットから取り出して、老人の顔からかなり離して見せた。

「初めて見るから、本物かどうかわからん」

面倒くさい爺《じじい》だ。

今度は、奈良林が老人の耳を手で囲いながら言う。

「あのね、笹野さんですよね。駅前の交番の人が女性の写真を持って聞きに来たでしょう。その証言をもとに、自分らが捜査に来たんです。ひとつ相談に乗ってもらえませんか」

「あぁ、その件ね」

ようやく老人は納得し、正面のシャッターを上げ、脇にある扉の鍵を開けた。

「よろしいですか」

美奈が聞く。

「狭いけど、入りなさい。中じゃないと大声で話せんのだろう」

理解力はある。

ふたりで上がりこんだ。

室内は狭いが、きちんと片付いている。

歩道に面した出窓の前が一段高くなっておりふかふかの座布団が置いてあった。ここが店主が座っている場所のようだ。

その背後は小さな畳敷きの居間だ。円形の卓袱台《ちゃぶだい》があり、その上に急須と湯呑みが置かれている。湯呑みは二個あった。座布団の横には旧式のポット。コンセントがない保温専用のタイプだ。

奥にかなり急な階段があるので、この上が住居なのだろう。

「独居老人だ。毎日、そこに座って通りを見ているのだけが楽しみだからね。あの不気味な寺に出入りする者たちの顔はたいがい覚えたよ。ここの前もよく通るからね」

「そこにこの女性がいるのは間違いないですかね？」

奈良林は、松永恭子の写真を見せた。美奈が結弦から預かり、奈良林に渡したものだ。それが所轄の地域課に配布されたということだ。

「うむ。間違いないね。その人なら一年ぐらい前から、寺に住んでいるようだ。ほぼ毎朝、他の女性十人ぐらいとミニバンに乗せられて出ていく」

「毎朝ですか？」

「そうだ。八時には出ていく。うちが店を開けている間は帰って来たことがないな。俺が寝る時刻、まぁ夜の十一時だな。そのぐらいに帰って来ているようだ。二階の窓から時々見ることもある。どこで何をしているかなんかは知らんよ」

と老人は急須にほうじ茶のティーバッグを入れ、ポットのお湯を注ぎだした。腕がか細すぎてポットを持つ手が震えている。

「どうぞお構いなく。というか私がやりましょう」

美奈はポットを受け取った。

「わしの分はいらん。おふたりでどうぞ」

「恐縮です。ところで笹野さん、ご相談というか、ぜひご協力を願いたいのですが」

奈良林が箱菓子を差し出しながら頭を下げた。

「刑事さんが、またなんですか？」

と言いながら、笹野の目は菓子箱に向いている。

「一週間でよいので、私をあそこに座らせていただけないですか」

奈良林が切り出した。美奈は驚き、湯呑みに茶を注ぐ手を止めた。

「張り込みってやつですか？」

「そうです」

「昼だけですか？」

「いつも何時に閉めるんですか？」

「夕方六時には閉めるよ。だいたい一日に五人ぐらいしか買いに来ないんだから」

「その時間帯だけでかまいません」

「あんた本当に刑事？」

笹野は疑い深い。

「なんなら駅前の交番に電話してもらってもかまいませんが」

奈良林が煙草売り場の脇に貼られている上元町派出所の電話番号を指差した。

「まぁそこまで言うなら本物だろう」

「警視庁組織犯罪対策部の奈良林と言います」

「同じく堀川美奈です」

ダメ押し的にきちんと名刺を差し出した。

「ほう、マルボウさんか。それは心強いな。了解した。一週間の間に、地上げ屋が来たら追っ払ってくれますか」

笹野が菓子箱を受け取りながら言う。包装紙を丁寧に剝《は》がし始めた。

「警察だと名乗ってやることはできません」

「でも、あんたの顔を見たら、やくざ者もビビるだろうな」

「はい、思い切り怖い顔をしてやります。警察と名乗らない分にはどれほど凄《すご》んでもいいんです。内密に願いますが」

と、奈良林が思い切り眉を吊り上げ、目を見開いてみせた。

「おぉ、怖っ。わかりました。どうぞやってください」

すんなり話は決まった。なるほど、これは車から張り込むよりもいい方法だ。

「明日からでいいですか」

「かまわんよ。女房に先立たれて三年になる。一週間でも話し相手ができると、嬉しいよ。会話はできるんだろう」

「ええ、甥《おい》っ子とかいうことにしてくれませんか。自分五十歳ですから、釣り合うでしょう。これ明日から、自分もいただきますので」

奈良林は持参してきた袋菓子をすべて卓袱台《ちゃぶだい》に載せた。

「そうだな、わしは八十三だ。釣り合うだろう。甥っ子な」

味のある協力者を手にしたことになる。

ほうじ茶を一杯ずついただき、今日のところはこれで辞去した。

3

「奈良林主任、明日からドラムスティックを持って行くことをお勧めします。あの売り場の座布団に座りながら、見張っているなら充分、リズムの練習することができます。まずエイトビートを徹底して覚えてください」

上元町商店街を歩きながら美奈はそうアドバイスした。

「それはちょうどいいかもしれないな。そしたら譜面の他にスティックとやらも買おうか」

「そうしましょう」

せんだって、結弦のバイト先である居酒屋『美徳』を訪れた際、楽器店があることを記憶していた。

ショーウインドーにエレキギター三本とドラムセットを飾った『パイプライン』は『美徳』の五軒ほど手前にあった。

十坪ほどの小さな店だ。サックスもアルトとテナーが置いてある。主力はアコースティックギターとエレキギターでずらりと並んでいる。

「こんなところに入るのも初めてだぜ」

店内に足を踏み入れ、並んでいる楽器をじろじろと眺めている奈良林に、レジの前に立っていた銀髪の店主が顔を歪《ゆが》めた。極道が入って来たと思われたようだ。

「怪しいものではありません。こういうものです」

美奈は名刺入れから、音楽隊の名刺を取り出した。二種類持っているので便利だ。

「あ〜、警視庁音楽隊の方。ひょっとして松永結弦君の先輩って方ですか？」

店主の顔が綻《ほころ》んだ。

「そうです。松永君が話したんですか」

「ええ、凄く親切にされたと。将来自分も警視庁に進もうかなって、言ってました」

「マジっすか！」

美奈は思わず、バシッと手を叩いた。

「はい、そう言ってました。申し遅れました。私はこの店をやっている三田亭《みたとおる》と言います」

店主が名刺をくれた。

「叔父がドラムを始めるので、スコアとスティックを買おうと思って来ました」

咄嗟《とっさ》に奈良林を叔父と紹介する。マルボウとは言いづらい。

「どうも」

奈良林もすぐに芝居に乗ってくる。この辺は情報系刑事の特技だ。

「ご自由にご覧ください」

三田はにこやかな表情を浮かべている。

まず書籍コーナーでスコアブックを手に取った。『ドラムス・ビギナー編』。

「何だよ、バツ印の音符なんて見たことねぇ」

奈良林は口をへの字に曲げた。

「シンバルのことです。ドラムスでは、シンバル系をバツ印音符。普通の黒丸音符はドラムの皮《ヘッド》のことを指します。で、この音符に付いてる棒ですが、上に付いているのと下に付いているのがありますね」

スコアを指で示すと、奈良林は、

「おぉ」

と頷いた。

「これは、上が手を使う。下が足でペダルを踏むという意味です。つまり、ドラムスはそれぞれのドラムやシンバルをセットアップした時点で、音の高さは固定されているわけです。同時に二個の音符が重なっている場合は、両方叩けです」

美奈は腰を少し落として、手足を動かす真似をして見せた。

「なるほど譜面は音階ではなく、どれを叩くべきかということを示しているんだな」

「そういうことです。音楽的センスも大事ですが、運動神経のほうが重要かもしれません。特に基礎体力と反射神経に優れている人が向いています。吹奏楽では他の楽器と違って、休むことがありません。ほぼ全曲、叩きっぱなしです」

「体力には自信がある」

「私も大丈夫だと思います。これ買いましょう。ただし、譜面はあくまでガイドラインだと思ってください。ドラマや映画のシナリオと同じようなものです。演奏し始めたら、指揮者のタクトのほうが優先です。譜面は暗記して、確認のために目の前にある物だと」

「うむ」

奈良林は真剣な目をして頷いた。

次にスティックを探した。

「ビギナーにとっては、どれでも大きな違いはないです。一番握りやすいのを選んでください」

こればっかりは、人それぞれだ。

「尖端のことをチップと呼びますが、丸型、樽型、涙型とそれもいろいろありますが、現時点では好みで選んでください。自分の太腿《ふともも》や椅子を使って練習をする場合、大して変わりません」

「うーん。なんだかゴルフクラブを選んでいる気分だな」

たぶん似ているんだと思う。

美奈は奈良林を放置してサックスの前に進んだ。国産メーカーのゴールドラッカーのアルトとテナーが並んでいる。まずまずの機種だ。

テナーを手に取ってみる。今後の課題はテナーをもっと吹けるようになることだ。

「三田さん、また『光韻寺宗』の連中がやってきて、うちの店を買い取りたいって言うんだ」

　三田よりは一回り若そうな男が入って来た。黒いエプロンをかけている。たぶん五十代。

「ほんと、あいつらしつこいだろう。うちにもほぼ毎日やってくるよ」

　三田が苦々しそうな表情を浮かべ相槌《あいづち》を打った。

「『光韻寺宗』？」

　すかさず奈良林が声を上げた。涙型のチップのスティックを手にしていた。

「それって松永君のお母様とかも入信した宗教ですよね」

　美奈も続いた。

「あ～、ご存じでしたか」

　三田が頭を掻いた。

「ちょっとその状況を、お聞かせ願えんでしょうか。いや現状だけでいいんです」

　奈良林がニカッと笑って、警察手帳を提示した。

「あぁ、そちらも警視庁で」

「はい。一族全員、警察関係者でして」

また奈良林が適当なことを言った。

店にやってきた中年男を紹介された。

真向かいにある喫茶店『わからん』のオーナーで、今出芳和《いまいでよしかず》というそうだ。

ふたりのオーナー店主が話し出した。

『光韻寺宗』の信徒たちはほぼ毎日、土地家屋の買収を持ちかけてくるという。断っても断ってもやってくるのだそうだ。商店街のすべての店に話を持ちかけているという。

「要するに、上元町商店街ごと乗っ取りたいみたいです」

三田が困惑気味に眉根《まゆね》を寄せる。

「うちなんかたまりませんよ。あの寺の大学生サークル『仏理《ぶつり》研究会』の連中が毎日、コーヒー一杯で居座るんですからね。まるでヤクザですよ。挙句に普通に入ってきた近所の客に仏理研究会の会合への参加を呼びかけるんですから、一般客はどんどん逃げてしまう。中には引っかかってしまう客もいるので困ります」

「叔父さん、それって威力業務妨害にならないんですか?」

美奈は訊いた。

「指定暴力団じゃないんだ。コーヒーを飲んでいただけでは、威妨《いぼう》を適用することは難しいさ」

奈良林が赤い毛糸の帽子を叩き、今出のほうに向き直った。

「マスター、対応策としては、すべてのメニューの価格を十倍から二十倍にすることです。それは店の勝手です。そしてご近所や馴染みのお客さんにだけ、今までと同じ価格で支払いができる割引券を配るんです」

マルボウらしい知恵だ。ヤクザ対策に使った手なのだろう。

「なるほど。まずそれをやってみます」

今出は大きく頷いた。

「入り口に、誰でもわかるように大きく価格改定表を貼りだしてください。ブレンドコーヒー五千円とか、ナポリタン一万円とかでいいです。提示していた、ということが大事です。それで客が扉を蹴ったりしたら、器物破損でパクれます。貼りだした日に、私服を数人、張り込ませましょう」

奈良林はふたりに親指を立てた。

「そのスティックと教則本、半額にしておきます」

三田も親指を立てた。

4

翌朝八時。

「松永恭子と思える女性がそのマイクロバスに乗り込んだ。ここから望遠で撮った動画を送る。結弦君のパソコンにも同時に送っておくので、そっちに確認が入るだろう。車は環《かん》八方《ぱち》面へ進んだ。ここから先はインカムで会話だ」

スマホに奈良林から連絡が入った。

「はい、了解しました。追跡します」

美奈の乗ったシルバーの小型車は路地に隠れて待機していた。スマホホルダーの画面にすぐ、動画が届く。松永恭子は預かった写真よりもはるかにやつれていた。グレーのパンツスーツ姿だ。同時に乗り込んでいる女性たちも、同じような格好をしている。

マイクロバスの車両も映っていた。白の十人乗りクラスのバスだ。ナンバーを確認し、アクセルを踏んだ。

上元町四丁目に出ると、百メートルほど先にバスが見えた。この間合いのまま、尾行する。

環八に出たバスは、高井戸《たかいど》方面へと向かった。美奈も追う。朝の通勤時間帯の道路は上下線とも混雑していた。

瀬田《せた》の交差点を越え、砧《きぬた》公園の横を進んでいるが遅々として進まない。

ヘッドセットから奈良林の声が流れてきた。

「堀川、気をつけろよ。いま、寺の脇のシャッターが上がって、ビッグスクーターが一台出た。バスと同じ方向に向かってる。追跡車がいないか確認するつもりかもしれない。ヤクザがよく使う手だ。ヘルメットの色はブルーだ」

「了解しました。スクーターを確認しましたら、連絡します。主任、リズム刻んでいますか」

「おう。スティックで座布団を載せた段ボール箱を叩いている。エイトビートっつうやつだ」

「一日中続けてください」

ヘッドセットから確かに、エイトビートが聞こえてきた。

小田急《おだきゅう》線の鉄橋を潜り抜けたあたりで、バックミラーに青いヘルメットを被ったビッグスクーターが近づいてきた。いったん追い抜かせて車両ナンバーを確認し、奈良林に伝える。

「そうだ、それが寺から出ていったビッグスクーターだ。マークされるかもしれんぞ」

「了解。そちらも併せて監視します。ヘッドセットによる会話は一時中断します」

会話を終えると美奈はすぐに、ヘッドセットを外し、サイドシートのトートバッグに放り込んだ。お気に入りのカフェのオリジナルトートバッグだ。

バスはそのまままっすぐ進んでいく。京王《けいおう》線の高井戸駅を越え、荻窪《おぎくぼ》二丁目交差点で、右折ラインに入った。

美奈にとってはよく知っているエリアだ。なにせ実家がこの先にある荻窪四丁目なのだ。バスと共に曲がった。直後、ビッグスクーターがぴたりと背後に張り付いてくる。疑われているのかもしれない。

一つ目の信号が赤になったので停車すると、ビッグスクーターの男が中を覗き込んでくる。美奈は毅然と睨み返した。ヘルメットとマスクで顔全体は隠れていたが、目はくっきりとしていた。相手のほうが先に視線を逸《そ》らした。相棒の森田から教わった、もっとも疑われない方法は、呆れるほど堂々としていることだ。当たっていると思う。

信号が変わると、ビッグスクーターが先に出た。バスはとうに先を行き、目の前から消えていたが、ビッグスクーターが目印になった。間合いを置いて尾行する。

住宅街を進むと荻窪四丁目になった。

美奈の実家の近くのコインパーキングの前で、ビッグスクーターは止まった。

パーキングの中央に追っていたバスが駐車しており、ドアからパンツスーツ姿にリュックを背負った女性たちが順に降りているところだった。

全員目の下にクマが出来ていた。

スクーターのライダーがヘルメットを外した。マロンブラウンのレタス風ヘアスタイルだった。

頭を振って、メットの重圧で萎《しぼ》んでしまった髪を整えていた。美奈は堂々とその脇を抜け、車をコインパーキングに進めた。

サイドウインドーからチラ見するとスクーターのライダーは、なかなかのイケメンだった。野性味あふれている。

「はい、午前中に二丁目と四丁目の訪問を頼むよ」

女性たちに男がスクーターに跨《また》がったまま何やら命じているようだ。女たちは頷き、男の前に整列した。

「隼人君、今日はこのチラシを撒《ま》くから」

バスの運転席から、中年の男が降りてきた。スクーターの男は隼人というようだ。

「廃品回収だけじゃなく『お掃除も手伝います』ですか。一時間、千円は破格だ。さすがは、浦上仏師長《うらがみぶつしちょう》も考えますね。奉仕の精神を体現する行動ですね」

受け取ったチラシに笑顔で言っている。

「一時間、その家の様子を観察できたら、何か収穫があるだろう。指示は仏宣僧《ぶつせん》の隼人君から頼む。彼女らは、まだ信心がふらついてるのでね。頼むよ。恭子門徒だけは、今朝、将司小僧正《まさししょうそうじょう》から電話を入れてもらったので、大丈夫だ」

仏師長と呼ばれた浦上が、松永恭子のほうに顎をしゃくった。

「知っている。小僧正のオフィスに彩子が来ていたのを見かけた。多分、母親にもっと寄付するようにせがませたんだろうな」

「あっそうか。小僧正じゃなくて娘が直接、泣き入れ電話をしたんだ」

「そういうこと。彩子、ドバイやクアラルンプールに出稼ぎに行かせていたけど、一時帰国したんだよ。貢いでいるよねぇ。来週は上海だと言っていた。あれだけの美貌だからでかく稼いでくれるだろう。小僧正は今年中に中《ちゅう》僧正に上り詰めるんじゃないか。自分も頑張らないとな」

「育成中なんだろう。大口寄付者候補」

「もう少しかかるんだけど、小僧正に急《せ》かされている。やるしかないんだけどね」

隼人は、スクーターを降りて、女性たちの前に進んだ。

「二丁目担当と四丁目担当を五人ずつに分ける。飛び込み訪問で、お掃除に上がれたら三ポイント。骨董品を見つけて、廃品回収に応じてもらえたら五ポイント。お掃除アルバイトの説明会に勧誘できたら十ポイントの、各チームの総ポイント制だ。負けたほうは、今夜、一晩中『曼如羅是空《まんにょらぜくう》』だ。煩悩《ぼんのう》を消して、訪問先に誠心誠意ぶつかれば必ず相手は心を開く。さぁ、天堂聖人《しょうにん》の元へと導こう」

そう言って、ひとりずつにチラシの束を渡した。年齢は様々だが、みな美しい容貌の女性たちだ。

美奈は車から降り、奈良林との連絡用の通信セットの入ったトートバッグを肩から下げてその一隊の脇を抜けた。四丁目の自分の家に向かう。

「梨花《りんか》。パンツの股間が少し緩んでいる。きちんと持ちあげベルトをきちんと締めろ」

隼人がひとりの女の股間を指した。

「はい、すみません」

女は黒のパンツの上縁を引っ張り上げた。すっと股間に筋が浮かぶ。

ひょっとしてノーパン？

それが訪問の際に何らかの効果を生むのかもしれない。

彼女は睡眠不足なのか、ふらふらしていた。

「浦上仏師長。彼女に特製のホワイトドリンクを渡してください」

「わかった。白い粉がたっぷり入ったやつだな」

浦上が梨花に小瓶を渡す。梨花は一気に飲んだ。空き瓶はすぐに浦上が引き取った。

「よしスタートだ」

隼人の号令と共に、十人の女性たちは二手に分かれて走って行った。戸建てのインターホンを鳴らしていく。

松永恭子は、四丁目の担当に入っていた。

この界隈は昭和三十年代から大手町《おおてまち》や新宿に勤めるサラリーマンの住宅街として発展してきたが、現在は三代目が多い。

いまなおサラリーマンの家庭が多い。

つまりこの時間は、一家の主が不在なケースが多いということだ。

独身寮住まいの美奈は、久しぶりに四丁目の実家に向かって歩いた。歩きながら、女性たちの動きを観察する。

新築よりも、かなり古い家を先にまわっている。

ピンときた。

老夫婦だけか、独居老人が多い家だ。

「どうもこんにちは。不用品引き取りの会社です。粗大ゴミなどありませんか。お掃除のお手伝いも一時間千円でいたします」

返事のない家にはチラシを入れていく。きちんとした身なりの女性の訪問セールスなので、モニターで見た人たちも安心感を抱く。

老夫婦だけの家でも、女性ひとりなら上げても、心配ないと思ってしまう。危険だ。

家に上がり込み、家族構成を聞き込み、徐々に入り込んでいく手口ではないか。貴重品の在りかなどを調べることもできる。

そして彼女たちの行動は、二班それぞれに付いている隼人と浦上に監視されているのだ。脈があると知れば、彼らが出ていくのであろう。

美奈は先回りして自分の家に入った。サラリーマンの父と中学教師の母の家のため、この時間は留守だ。

リビングルームに入りカーテンを開け、通りを見やる。

松永恭子が隣の家のインターフォンを押しているところだった。時間は午前十時になっている。背後には浦上が付いていていた。

美奈はカーテンを閉め、トートバッグからヘッドセットを取り出した。すぐに奈良林への交信を試みた。

「堀川、待ったぞ。結弦君から確認が取れた。映っているのは母親の松永恭子さんに間違いない」

相変わらずエイトビートのリズムがした。

「了解です。現在、女性たちは荻窪四丁目です。たまたま私の実家のエリアです」

つづけてここまで見聞きした内容を手短に報告した。

「宗教色を一切出さずに、廃品回収サービス業者とお掃除手伝いで、老夫婦に取り入るとはうまい手だな。接触を試みてくれ。それと隼人、浦上という男たちの画像を撮れるか」

「どちらもドラレコに収録されているはずです」

「OKベイビー。すぐにチェックさせる。暴対課全員で共有する」

「わかりました。とにかく、松永恭子に接触します」

「門徒にでも、何にでもなれ。森田もいまホストで頑張ってる」

森田明久の名前が出たので、一瞬驚いた。任務とはいえ、ホストクラブに潜入しているというのは気になってしょうがない。女客と一体どんなことをしているのだろう。

森田には、僅かながら好意を抱いているので、軽い嫉妬を覚えた。

たぶん、向こうはどうも思っていないはずだが。

「おっと、こっちにも危なさそうな連中が、煙草を買いに来たぜ。おっぱらってやる」

それで通信は切れた。

ドアチャイムが鳴った。慌ててインカム類をしまい、インターホンに飛びついた。

モニターに松永恭子が映っている。隣の宅には上がれなかったようだ。セールスレディを揶揄《からか》うだけ揶揄って、ガチャ切りすることを趣味にしている老人なので、いたしかたない。

「はい。こんにちは」

美奈はソフトな対応をした。

「廃品回収サービスのお伺いです。不用品はないでしょうか。お掃除サービスもしています。一時間千円で、台所や浴室のお掃除をいたしますが」

とチラシを見せている。モニターの映す範囲に浦上の姿はなかった。

「お掃除お願いしてもいいですか。しながら不用品の相談ということで。あるにはあるんです」

「喜んでお引き受けします」

美奈は玄関に走り、用心深く扉を開けた。

「こんにちは。『ライトインサービス』の松永と申します」

結弦の母親とはいえ、まだ声は若い。四十七歳と聞いている。だが、その顔はずいぶんと老けこんで見えた。

「どうぞこちらに」

リビングルームのソファに案内した。

「はい、すぐに掃除に取りかかりますが」

恭子は、背負っていたリュックをおろし、化学雑巾やクリーナーを取り出した。

「掃除はいいですよ。松永さん、一時間、私とお話しませんか」

と結弦の写真を見せた。

「えっ」

恭子はうろたえた。

「もう、二年も会っていないそうですね」

「はい」

消え入りそうな声で言う。さかんに外の様子を気にしている様子だ。

「信仰の自由は尊重します。脱会を求めるつもりもありません。私はむしろ『光韻寺宗』に興味があるんですよ」

可能な限りソフトな対応をする。引き剝がしが目的ではない。奈良林にそう教え込まれていた。さっきは入信しろとまで言われているのだ。

　ここは潜るきっかけが欲しい。

　恭子はさかんに家の中の様子を見ていた。サイドボードの上に飾られた写真は美奈を挟んで両親が立っている。音大を卒業した日の記念写真だ。

「お止めなさい。こんな素敵な家庭が崩壊するだけです」

　いきなり恭子がそう言いだした。意表を突かれた思いだ。

「後悔しているんですか」

　あくまでも問いかけとして聞く。真意が不明だからだ。

「助けてください」

「本気で脱会を考えているんですか？」

「結弦の知り合いに偶然、出会えることなんて、二度とないですよ。私、いましかないですよ。助けてください」

　縋《すが》りつくように言われた。

「目の下にクマができてますが、そうとうな睡眠不足では？」

　美奈は恭子の顔を覗き込みながら言った。

「はい。私、入信してから二年間、ほとんど眠っていないんです。寺は朦朧《もうろう》としたままの門徒に次々に指示をしてくるんです。バスの中でも眠らせてもらえません。ずっと天堂聖人の説法ビデオが流されて、私たちは『曼如羅是空』というお題目を唱《とな》え続けなければならないんです」

恭子はぐったりとうなだれた。どうやら本当のようだ。これは思考を止めさせるための手段であろう。カルト集団や催眠商法の詐欺師たちが使う常套《じょうとう》手段だ。

「恭子さん、一時間眠ってください。その間に、私が方法を考えます」

「いいですか。眠っていいですか？」

「安心してください。私が味方になります」

恭子は三人掛けのソファに足を伸ばして目を閉じた。三十秒ほどで、寝息が聞こえてきた。さてとどうしたものか。

美奈はトートバッグからヘッドセットを取った。

廊下に出て、奈良林に連絡する。半分開いた扉から、恭子の監視は怠らなかった。

「おうっ。こっちもいま地上げ屋どもを追い払ったところだ。ここは俺が買ったと、怒鳴り飛ばすと、捨て台詞《ぜりふ》を吐いて引きあげて行った」

そこから本題に入った。恭子をどうするべきかだ。奈良林も、ことの展開に驚いた様子だった。

「罠《わな》かもしれん」

「私も、それを疑っています」

「けれど堀川、ここは賭けだな。一歩踏み込むしかないだろう」

「どうすれば？」

半年前までは音楽隊でサックスを吹くのだけが任務だった自分だ。そもそも捜査というものに慣れていない。

「うーん」

奈良林も唸っている。たぶん、美奈が経験のある捜査員ではないということを考慮しているのだろう。

「私、裏口から彼女を連れて、お隣さんから逃げましょうか」

勇気を出して言った。

「いや、それでは堀川が拉致《らち》監禁者になってしまう。奴らは告訴してくるだろう。逆に内偵が難しくなる、それにいまそこで彼女を助け出しても、抜本的な解決にはならん。長女の彩子を囮《おとり》に使って奪還に動いてくるだろう」

「では、どんな方法が」

「だから賭けなのさ。堀川が一緒に入信して内情を探りながら、正式《せいしき》に脱会の手段を講じるというのが理想だ。警察だと名乗って入信してみるのはどうだ。奴らが堀川を利用できると踏んだらそれはそれでダブルスパイとして動ける。どうだ」

それは確かに大きな賭けだ。果たして自分に務まるのだろうか。それに、この実家を彼らに知られてしまったことにもなる。

「うちの両親は捜査に無関係です。保護対象にしていただけますか」

それが最低条件だ。

「すぐに山上課長に連絡し、堀川の捜査が終了するまで、ご両親と自宅に監視員を付ける。むろん気づかれないようにする。それとこちらの任務についたので、音楽隊には一か月の休隊扱いにするように指示を出しておく。表向きは、病気療養だ。そっちでも、そう言っておけ」

「わかりました。潜ります」

交信を終え、美奈はリビングに戻った。

四十分後。目覚めた恭子に、まずは入信したい旨を伝える。保護は内部に入ってからだと説得した。すぐに連絡を受けた浦上がやってきた。

人生二度目の潜入開始だ。

第五章　ロックンロール・ウィドウ

1

　森田は歌舞伎町『マリス』のトイレで小便をしていた。

　勤務時間中、心休まるのは用を足しているときぐらいだ。威勢がよくなかなか切れない小便を眺めながら、大きな溜息をつく。

　午後十時。ラストスパートタイムだ。

　今月の売り上げの締めが近づいてきたせいか、ホストたちは本営をかけている客たちをどんどん呼んでは、金を落とさせていた。

　本気の恋を謳《うた》った営業なのだから、そうした客を三人、四人と持つのがホストの腕だった。二週間目で、森田はかなりヘルプのコツを摑んでいた。ナンバークラスのホストたちに可愛がられるのが、探りを入れる唯一の方法だと確信した。

自分が売り上げをアップすることは、嫉妬を買うだけで、逆に得られる情報も得られなくなるということだ。

それと長峰と田中という黒服のふたりに取り入った。バックヤードのことを知るにはこのふたりが重要だった。

さらに大事なことがあった。

昨日、出勤前に必ず入るサウナに潜入捜査員に伝言をするエキストラがやってきた。

見るからにヤクザだ。

横に来るとそいつが言った。

「親分からの伝言だ。お前の店にいる隼人。あれはカルト教団『光韻寺宗』の門徒だ。『マリス』はマインドコントロールの入り口かもしれねぇってのは、親分の見立てだ。本名はわからない。だが『光韻寺宗』でも隼人という名で動いている」

そう言うとエキストラは出ていった。とても警察官とは思えない唐草模様に昇り龍の刺青をした男だった。

親分とは山上課長の符牒だ。おそらく課長のところでさまざまな情報がマッチングされたのだろう。

ホストがカルト系仏教団体『光韻寺宗』の門徒であるというのは驚きだった。だが、それを知ると、森田の頭の中で見えなかったものが見え始めた。

洗脳はこの店から始まっているのだ。

問題は、隼人が単独でやっていることなのか、それともこの店の組織ぐるみのことなのかだ。

もしもホストクラブがカルト宗教団体のゲートウェイだとしたら、これほど恐ろしいことはない。

隼人は確定だが、悠馬や真也は、そして店長の草元はどうなのだろう。

ただし、森田の本務は『キム・ミサイル』の流通を探ることである。残念ながらその気配はいまだ、まったく見えない。

「毛利君、三十分だけ隼人の席にヘルプに入ってくれ。その後、悠馬の席に戻って、亜由美姫のお別れに付き添え」

トイレから出たところを店長の草元に呼び止められ、そう指示された。

「わかりました。隼人君の姫は？」

「女子大生の佳乃姫だ。育成中だからいわゆる友営《ゆうえい》だ。脇から吹き込みを頼む」

これは店グルの指示だ。店ぐるみで客を誘導するということだ。この十日ほどで何度もその場面に相席していたので、いかにその手口が詐欺的であるか知っていた。騙しの片棒を担ぐのは、心苦しいが、それに付き合うことで、店での信用が高まるのも事実だ。

店グルに加担することで、共犯者意識も高まり、抜けられなくなるという面もあった。

「店長、吹き込みネタは？」

「隼人がそろそろ引退を考えていると言え。本人の口からは絶対に言わせない。そこがミソだ。今夜あたりミサイルを撃つ頃合いだって」

「ミサイル？　なんですかそれ」

震える右足を必死に押さえて訊いた。

「あ〜、いずれわかる。ぼちぼち、お前の客にも仕込んでやる。オーナーから毛利にもそろそろタワーを立てさせろと檄《げき》が入った。グループ全体で金が必要になっている」

「そうなんですか……」

もう少し突っ込みたいところだが、ひたすら受け流す。深く考えない男という印象を植え付けることが大事だ。

「とにかく、いまは隼人のヘルプだ。上手くやれ。隼人にとってもでかい仕事になる。ちゃんと逆バネ用の客も仕込んである」

肩を叩かれた。

「はいっ。最優秀助演賞がもらえるように頑張ってきます」

森田は隼人の席に向かった。これまで、佳乃が来店したときには、待機席に近い端の席を用意していたが、今夜は他の客と同じようにホール中央に座らせている。

「こんばんは～。ヘルプの毛利です」

陽気な笑顔を浮かべて、同席する。当然、隼人と佳乃の並んでいるソファの向かい側の丸椅子だ。

「毛利君、楽な席に回してもらったねぇ。悠馬のきつい客についていたから、店長も一息入れてくれたんだろうよ」

隼人がマロンブラウンの髪をかき上げながら笑った。超リラックスしている体《てぃ》を取っていた。悠馬は難敵亜由美を相手にしていた。いまもヘッドロックされている。千鶴が一緒じゃないだけでも、毛利は救われていた。

「たぶんそうでしょうね。隼人君、すみません、プライベートタイムみたいなところに、寄ってきちゃって」

テーブルは缶もののソフトドリンクばかりなので、酒を作ることもなかった。

「コーラとか飲む？」

隼人が聞いてきた。

「いいえ、マイドリンクでいいですよ」

森田は黒服の長峰に手を上げ、最初に自分の胸を指差し、続いてエアー飲みをして見せた。長峰が頷き、森田専用の黒いミニポットボトルを持ってくる。コーヒーを保存しておくような細長いポットだ。

ホストが待機席で飲む自分用のボトル。中身はほとんど水道水。売り物のペットボトルとは区別するために、この店では自前のボトルを用意させている。みんなその水で胃薬を飲んでいる。

森田はキャップをとって乾杯の仕草をした。

「やだぁ、あの女なんなのよ。ヘルプにマイボトル飲ませてんの？　歌舞伎町の遊び方を知らないイモっ」

担当ホストが被りの客についていて、苛立った女が声を荒らげた。すぐに担当が飛んできて叱《しか》り始めた。

小芝居が始まったようだ。

「あの私、なんかボトルを入れるっとよ。なんかカッコ悪すぎるばい」

佳乃がボトルメニューを捲《めく》り始めた。

「なんば言っと。いまさらそげんこつせんでええ。そういうことしてもらいたくて逢っているんじゃないっ、て何度も言っちょるがな」

隼人がメニューを奪った。

「そうですよ。隼人君、佳乃さんのことお客だって思っていないですから。あっ、あのお客さんも佳乃さんに怒ったわけじゃないですよ。担当に構ってもらえないから、騒いだだけでしょう」

合いの手を入れた。

「そうなんですか。でも、毛利さんも缶ものぐらい入れてください」

佳乃が標準語で言った。森田は隼人の目を見た。笑っている。

「じゃぁ、梅酒割りソーダもらいます」

と、手を上げたところで、新たな客が入ってきた。モデルのような体型に毛皮のコートを羽織っている。それにでかいサングラス。森田は初めて見る客だ。

「マリーン姫のご来店です」

「ちっ」

隼人が思い切り舌打ちをした。黒服が飛んできて、隼人に耳打ちする。

「すまない。二十分ぐらい仕事してくる」

隼人がいかにもかったるそうに首を回しながら、席を立った。仕込みの客とピンときた。

「私、そろそろ帰ろうかな」

佳乃が隼人の背中を見送りながら切なそうな目をしている。

「そんなこと言わないでくださいよ。隼人君、悲しみますよ。佳乃さんと会うのだけが楽しみで店に来ているんですから。それももう限界みたいですけど」

黒服が梅酒ソーダの缶をわざわざ銀のトレイに載せて持ってくる。コンビニで買えば一缶二百円もしないだろう缶が、この店では小計三千円だ。

「限界って？」

佳乃の目が泳いだ。

「辞める気ですよ。ホストのマジ恋ってしんどすぎますよ。結局辞めるしかないんですよね。関西とか札幌《さっぽろ》とか別な土地で出直すしかない。いつとは聞いてないですけど、隼人君、時間の問題って言っていた」

このセリフ、これで三度目なので、すらすら出た。隼人が、真也、ヒカルから置き換わっただけだ。

「それ、ほんとですか」

佳乃は青ざめている。ふたつ先のテーブルからマリーンの怒鳴る声が聞こえてきた。

「なんなの、隼人っ。今月の締めの応援に来たのに、そのやる気のない態度。いいっ、もういい。私帰る！」

シャンパンボトルを床に叩きつける音。客の場合、黒服はバスタオルを持って走らない。請求額にクリーニング代十万円を書き足すだけだ。

「マリーン姫、悪かった。ちょっと風邪ひいてんだよ、俺」

隼人が床の上のボトルを拾い集めている。

「あちゃ〜。隼人君、ペナルティついちゃう」

森田は心配そうに立ち上がった。

「毛利さん、私、ドンペリのピンク三本入れます。隼人さんを呼び戻してください」

佳乃が目を見開いて言う。

「でも、佳乃さん、大学生ですよね。無茶ですよ。うちは学生に売掛は絶対にしない」

森田は焦った顔をして見せた。

「ファミリーカードがあります。父親は博多で不動産会社を経営しています。いままで、隼人さんには黙っていました。博多では有名な会社です。私、それが憂鬱《ゆううつ》だったんです。一本十四万円。余裕で払えます。それと月末までに、タワーやります」

佳乃はまくし立てて、野暮《やぼ》ったいトートバッグから立派な財布を取り出し、カードを出した。アメックスのセンチュリオンカード。通称ブラックカード。限度額なし。ベンツでも邸宅でも買えるカードだ。

カードを翳しながら、ぼろぼろと涙を溢《こぼ》している。

森田は尻に火が付いたようにジャンプして、店長の草元のところに飛んでいった。

「隼人、店でボトルを割るような客は、帰ってもらえ。マリーン、出禁だ！」

草元は大見得《おおみえ》を切るように言った。

「二度と来ないわよ。どうせ、来週から上海だし！」

マリーンは札束をレジに叩きつけて帰って行った。誰だろう、この女。名演技だ。

「長峰。佳乃にミサイル！」

草元が素早く、黒服に囁《ささや》いた。

「はい」

すぐにピンクが三本、運ばれてくる。一本のシャンパングラスの底に液体が少し溜まっていた。あれだ。森田は確信した。

「佳乃、どげんこつや？」

隼人は芝居を続けている。

「ええけん、早く座って。私、隼人に惚れちょるけんね。誰にも渡さんけん」

オチた瞬間を見た。

それから間もなくして、佳乃のテンションがやたら高くなった。隼人に抱きつき、膝の上に乗り始めている。飾りボトルは入れるし、ピンクどころか、とうとうゴールドまで入れた。町の酒屋で二十万以上するシャンパンだ。ここでの価格は計り知れない。

森田は悠馬の席に戻っていた。

「隼人、今夜は腰が抜けるまでやりまくりだな」

悠馬がぽつりと言った。

「佳乃さんの親が富裕層だって、皆さん知っていたんですか？　僕は驚きですよ」

「博多の出身校もいまいる大学名も聞いているんだから、身辺調査なんて簡単だよ。特に隼人は、そういう調査能力に長《た》けている。本物の富裕層ほど、身分を隠そうとする。その芝居に、乗って対応するのもホストの腕だよ。隼人は辛抱強く育て上げた。仕掛けるのはちょっと早いかぁ、って思っていたんだけど、うまくオチたね」

「ということは、これから、一気に大金を使わせるんですか。まぁ、親が資産家ならいくらでも貢げるんでしょうけど」

森田はさっきまで佳乃に同情していたことがバカバカしくなった。

「いや、カードが使えるのはせいぜい一か月だけだろう。親だってバカじゃない。ホストクラブで三百万も引き落としたらすぐに止めるさ。それでも佳乃姫は、通ってくると思う。結局風俗だよ。隼人の狙いもそっち。オーナーもたぶんそのほうが喜ぶ」

「オーナーも喜ぶ?」

森田には意味がわからなかった。

「彼女なら、さっき来たマリーンみたいになれる」

「どういうことですか?」

「世界中で活躍できる風俗嬢。ホスト商売は、女の流す涙の上に成り立っているんだ」

悠馬があっけらかんと言った。

その隣で亜由美が、

「悔しいわね。私、美形の女に負けたくない。伝票で勝ってやる」

と手を上げた。話の内容を聞いていたにもかかわらず、同じ女として同情する素振りは微塵もない。亜由美もこの魔界に生きている狂った客のひとりなのであろう。

「今夜のラスソンは隼人にくれてやる。亜由美姫は来月頑張ってくれ」

悠馬が、亜由美の上げた手を下ろした。

「うぃーす。素直に聞いておくよ」

巨漢の女は、またまた悠馬にヘッドロックをして遊んでいる。

強面なのだが、なんとも愛嬌《あいきょう》のある客だ。必ず領収書を貰って帰るところなどは几帳《きちょう》面《めん》さも感じられる。

それは千鶴も同様だった。

不意に草元に肩を叩かれた。森田は立ち上がって通路について行った。

「最優秀助演賞だった。隼人から多少バックが出るだろう。次は、毛利が頑張る番だ。千鶴にタワーを持ちかけろ、いいな。今月の売り上げにぶち込むんだ」

草元は真顔だ。

「タワーっていくらぐらいですか」

「小計百五十万で持ちかけろ。デブ専でも風俗嬢なら出せる額だ。来週はタワーラッシュにする。オーナーからとにかく金を集めろとの指示だから、俺も切羽《せっぱ》詰まっている」

「店長がそう言うなら頑張るしかないですね。みんな必死で金を引っ張っているようですから」

そう答え、隼人の席を見据えた。

佳乃がシャンパングラスを持って立ち上がり、腰を振りながら一気飲みをしていた。テンションが上がりまくっている。

とにもかくにも、『キム・ミサイル』はここにある。

それだけはハッキリした。どうやって見つけるかだ。

2

深夜だと思う。たぶん午前零時頃。時間の経過から、時を推測するのがやっとだ。

美奈は壁に向かって題目を唱えていた。すでに意識は朦朧となっていた。

「曼如羅是空《まんにょらぜくう》」

それを五千回繰り返すのである。数など数え切れるものではない。とにかく隣で唱えている松永恭子が終えるまでは続けるしかないのだ。

題目の意味などわからない。

「いずれわかる。わかるまでやるのだ」

それしか言われない。開祖、天堂真澄大聖人が、仏教の道理を研究しつくした上に発見したのが、この五文字だという。『鰯《いわし》の頭も信心から』の理屈と同じだ。

それを言ったらおしまいよ、のような話だが、ここでは仏理を説くほうも説かれるほうも、その前提にしか立っていない。

美奈としても信じるふりをするしかなかった。

女性十人が同じ修験《しゅげん》部屋で唱えさせられている。二時間ぐらい続けていた。正座している体が揺れ始めた。当たり前だ。普通、揺れる。

するとすぐに肩に警策《けいさく》が飛んでくる。

「集中！」

浦上道彦《みちひこ》が叫び左右の肩をバシッと叩いた。禅とはまた違う。瞑想ではないのだ。ひたすら正確な発音で『曼如羅是空』と唱えつづけねばならないのだ。これは顎もかなり疲れる。

集中しようとするのだが、不思議なもので、そうしようとするほど、脳内に様々な風景や文字が浮かんでくる。

朦朧としてくると、様々な色彩が見えてくるようにもなる。

インナートリップ現象。

そう呼べばいいのだろうか。

音楽奏者としてアルトサックスを吹いているときにも、トリップすることがある。アスリートのランナーズ・ハイに似た気分だろう。瞬間的にある種の多幸感を得るのだ。

けれどもこのトリップは違う。

どんどどす黒い気持ちに支配されていくようなのだ。

苦行だからだ。楽しくない。

だが、仏師長の浦上は、それが過去の亡霊の祟りだという。

三日前。

『祖先がレイプの淫罪を起こしているね。関ヶ原《せきがはら》の合戦時期だ。その霊が体中にとり憑《つ》いているのが私には見える。精進《しょうじん》するように』

美奈は鎌倉山《かまくらやま》の『光韻寺宗』の総本山のお堂で、三代目宗主、天堂郁人からそう宣託された。そしてその業《ごう》と闘い、滅私することを宣誓させられ入信を許されたのだ。

天堂郁人は小太りで狡猾《こうかつ》そうな目の男だった。六十歳。平安時代の貴族のような装束《しょうぞく》を身に付けていた。

それは松永恭子を通じて、入信希望を伝えた日の夕方のことで、実に早い手回しだった。

美奈が堂々と警視庁勤務であると伝えた日、城南地区の仏師長である浦上道彦は、あわてて総本山に連絡を入れたようだ。

浦上が、美奈の扱いに戸惑ったということだ。

『光韻寺宗』の組織は、軍隊のような階級制になっており、献金額や貢献度に応じて位が上がる仕組みだ。入信すると最下層の門徒士《もんとし》となる。警察で言えば巡査で、仏師長はその上の階級で、二十人程度の門徒士を束ねている。

その上が五つぐらいの仏師団を束ねている正仏師《せいぶっし》。つまり百人の門徒士を束ねていることになる。正仏師を五人抱えているのが僧正補《そうじょうほ》である。

そこから順に、僧正、小僧正、中僧正、正僧正、大僧正、と出世していくらしいのだが、僧正補と僧正の間には、大きな差があるという。警察で言う警部補と警部の差以上の開きのようで、平たく言えばキャリアとノンキャリアぐらいの差らしい。

仏師長になると階級の他に、担当部門を持たされるのだそうだ。

浦上は、門徒士に修行を指導する修験部で、あの日ビッグスクーターに乗っていた隼人という男は仏宣部という広宣流布を受け持つ部門に所属しているらしい。

隼人も階級は仏師長だ。

約十万人の門徒の中で大僧正はふたりしかいない。宗主、天堂郁人の地位は世襲制の聖人である。

城南別院の院長は正仏師を五人抱えている僧正補の高垣幸次《たかがきこうじ》という五十歳の男であった。つまりこの寺は、約五百人の門徒によって支えられていることになる。

入門料は五十万円。これは鎌倉山から戻ってすぐにコンビニのATMで下ろして支払った。同時に身上書を書かされた。

これまでの生い立ちがメインだが、資産申告というのがあった。貯金百五十万とだけ書くと、警視庁の給料や親の収入、親名義の不動産評価額まで書けという。知らないと言うと、浦上が荻窪の住所と坪数、築年数からおおよその相場価格を算出してきた。一億に少し欠ける額であったが、さすがに美奈は空恐ろしくなった。

一か月間、警視庁に出庁しなくてもよいことを告白すると、美奈は仮出家を言い渡された。一か月間、城南別院で他の門徒士たちと共に暮らし、修行を積むということだ。

三日目で、美奈はかなり淀《よど》んだ気持ちになっていた。

今日も朝六時に起こされ、洗顔後、粥《かゆ》と沢庵《たくあん》だけの食事をすると、一時間、題目を唱えて八時にはバスに乗せられ、八王子《はちおうじ》の方へ連れて行かれた。住宅街でチラシ配りと廃品回収とお掃除サービスの訪問セールスをさせられ、上元町四丁目に戻ったのは午後九時だった。恭子に言われた通りだった。

朝と夜、バスに乗降する際、ちらりと対角線上に見える煙草店のウインドー越しに、奈良林の顔が見えるのが、唯一の救いだった。

奈良林の笑顔が自分を警察官であるという現実に引き戻してくれるのだ。

滅私《めっし》し、心を清めるためには、余分な食事はないほうがいいという。この世のあらゆる欲を捨てることが、理想の心境に近づく早道だと説かれ、夜の食事も粥と魚の切り身、それに具のない味噌汁だけだ。

そうしているほど、美奈は欲にまみれていてこそ人生ではないかと、思うようになった。

だがそれも先回りして言われてしまう。

『いま、欲を持ってなぜいけないと思ったでしょう』

バーンと警策で打たれた。

おそらく、これは経験則で言っている言葉なのだ。

『最初のうちは反発だけが渦巻いてくるんです』

くぎを刺されるようにこの言葉も何度も繰り返される。これも新人門徒に現れる初期症状としてお見通しなのだろう。

どんどん先回りして言われるので、自分の心が見透かされているような気分になるのだ。マインドコントロールはこうしてなされていくようだ。

夜九時過ぎに帰還して、着替えて食事し、その後は、集団で入浴する。この間私語は厳禁だ。そして再び修験部屋で、曼如羅是空を唱えさせられる。

睡魔に襲われ、意識が飛び始めるのは当然だ。

さらに一時間以上唱え続け、美奈の意識は混濁し始めていた。

「終了！」

浦上の声がした。

たぶん午前三時。推測でしかない。

安堵の溜息が漏れる。顎が疲れ切り、言葉を発する気にもなれない。喉も痛い。いまにサックスが吹けなくなるような恐怖心も湧き上がってくる。

このとき、毎夜、ペットボトルに入った水が配られる。『光神水《こうしんすい》』というシールが貼られているが、たぶん水道水。

けれども不思議なもので、この水を貰えるのがありがたくなる。みんなごくごく飲む。たしかにこの瞬間は幸せな気分になった。

そして女性だけ十人の部屋で寝る。寝るといっても三時間だけだ。これでは深い眠りにつけることはない。男性門徒士の棟とは完全に切り離されている。尼寺気分だ。男たちがどんな修行をしているのかは見えないが、何度か真夜中に大声が聞こえてきた。武道か何かのような気合を入れる声だ。

ひょっとしたらリンチかもしれない。

与えられた敷布団の上に、毛布一枚だけ掛けて寝ることになる。消灯だ。

だが、今度は眠れない。隣で寝ている恭子も同じようだ。何度も寝返りを打っている。

他の女たちからも鼾《いびき》は上がらない。

正座し壁に向かって瞑目《めいもく》し、曼如羅是空と唱えていたときは、何度も睡魔に襲われたのに、解放されたいまは眠くない。

脳のリズムが狂っているようなのだ。

私語は厳禁なので、相談することもできない。

寝返りを打ったある瞬間、恭子と顔が向き合った。暗がりになれた目に、うっすらと恭子の顔が見えた。涙を流して泣いている。これは本物の涙だ。

(ごめんね、恭子さん。もう少しだから)

口パクでそう伝えると、かすかに恭子が頷いた。なんだか自分も泣けてきた。本当に自分は彼女をここから救い出せるのだろうか。日が経つほどに自信は崩れそうだ。

枕に顔を埋めて、涙を隠した。

ようやく気分が落ち着いたときに、灯りが点《つ》けられる。

「起床だ」

ロビーに整列の時間だ。

唯一の時間経過の指針となっている壁時計が午前七時を示している。

眠くて仕方がない。

そんな日がさらに三日ほど続いた。

美奈はくたくたになってきた。まだ一週間と経っていないのに、数か月もこの寺で暮らしている気分になった。

一週間目の朝だった。

壁時計が午前八時を示している。

美奈はいつものように、バスに乗り込むために寺の正面に出た。行動するメンバーも同じだった。

浦上が点呼を取りながらひとりずつの顔を確認していくのが恒例だ。美奈は七番目だった。恭子の次だ。

順番を待ちながら、ふと対角線上の煙草店を見た。

「?」

まだシャッターが下りている。朝八時にはいつも見えるはずの奈良林の姿がない。おかしいなと思いながらも、そのことはおくびにも出さず、バスに乗り込んだ。

いつもの席に座り窓外を見やっていたときだ。

反対車線から、大型のダンプカーが物凄いスピードでやってきた。黒いボンネットのダンプカーだ。交差点に入るなり、煙草店の方へ向きを変えた。一切減速することなく、突進していく。轟音《ごうおん》が鳴り響いた。

煙草店のうすっぺらいシャッターはひしゃげ、ダンプのボンネットは店の奥にまで突き刺さっていた。二階が大きく傾《かし》いだ。

煙草店はビルと言っても脆弱《ぜいじゃく》な二階家だ。細くて古い柱が折れたのではないだろうか。ダンプがバックしたら二階が崩れ落ちるのではないかと、美奈は青ざめた。

事故現場のその後を知りたかったが、バスは発車してしまった。

今日は環八から第三京浜《けいひん》へと入った。横浜《よこはま》方面でのポスティングだろうか。そう思っていると、バスは都筑《つづき》パーキングエリアに入った。

こんな休憩はかつて一度もなかった。

「堀川さんは、ここで降りてくれ。そこにいるワゴン車に乗り換えだ。後のことは、あのスキンヘッドに聞いてくれ」

「えっ？」

美奈はスライド・ドアの鉛色《なまり》のワゴン車と男を見た。スキンヘッドに円形のサングラスをした男が手招きしている。ワゴン車は右翼の街宣車のようで、サイドウインドーにはすべて金網が張り付けられていた。

拒否できるような空気ではないので、浦上に会釈して、扉に向かった。

扉側の席に座っていた恭子の目が潤んでいた。絶望の視線だ。美奈は唇をかみしめながら降車した。

「こっちへ」

スキンヘッドに促《うなが》されて、鉛色のワゴン車に移った。迷彩色のツナギを着た男たちが数人乗っていた。

運転席の時計を見て驚いた。いまが午前八時だ。今朝は三十分以上早く出されたということだ。

「堀川美奈だな」

スキンヘッドが居丈高《いたけだか》に言う。

「はい」

「部署替えだ。警視庁に勤めているということなので、こっちで修行してもらう。私は『愛国桜友会』の副長、大門正勝《だいもんまさかつ》だ。いろいろとやってもらいたいことがある」

「あっ、はい」

ワゴン車は動き出した。そのまま下り線で横浜方面へと向かった。暫く走ったところで大門が言う。

「音楽隊はカバーなんだろう？　本務はどこだ？　組対か？」

「えっ、違います」

「まぁいい。調べさせてもらう」

「どういうことでしょう？」

「城南別院の前には防犯カメラが付いている。つまり寺側も、あの煙草店を見ているということだ。あんた、一週間ちょい前に、あそこに入っているよね。すまんが、この先は目隠ししてもらう」

　大門に促され、迷彩服を着た男が黒い布で、美奈の目を覆った。

――お父さん。怖いよ。

　美奈は心底そう思った。

3

　午前六時。

　森田は『マリス』の入るビルの近くで、じっと待った。空が白々と明け始めた。あちこちのビルの灯りが再点灯する。

　朝キャバやホスクラの二部営業の開始時間だ。

六時から十二時まで営業をする店がかなりある。二十四時間営業のコンビニの前で時間を潰していたデリヘル嬢たちが、二部営業のホスクラに入って行きだした。

同時に男性客も現れる。ソープの早朝営業や朝キャバに向かう男たちだ。タクシードライバーや夜職のバーテンダー、黒服も多い。

『マリス』に関していえば二部営業はしていない。一流店のブランドイメージが損なわれるからだ。オーナーの張本将司はその辺の意識が高い。

森田は昨夜の営業を終えた後、いったん四谷《よつや》のビジネスホテルでひと眠りし、三十分前に再び歌舞伎町に戻っていた。

草元以下、他のホストたちは、爆睡しているであろう時間だ。

すぐ近くのビルのエントランスに隠れ、ある軽トラがやってくるのを待っていた。

六時過ぎには軽トラが必ずやってくるはずだ。森田は震える手を缶コーヒーで温めながらじっと待った。ホスト用の服ではなく、スカイブルーの作業着に濃紺の野球帽をかぶっていた。黒縁眼鏡も忘れていない。

十分後『鶴巻《つるまき》酒店』の軽トラがガタガタと音を立ててやってきた。

ピンク色をしたハイゼットトラックだ。ボディにシャンパングラスと音符の絵が描かれている。

この酒屋は花道通りのあちこちのビルに入るクラブやスナックの酒の仕入れを一手に引き受けている。前日にネットやファクスでもらったオーダーを、開店前に仕込んでくれるのだ。

歓楽街の水商売の店の鍵を酒屋が預かっているのは、ごく普通のことだ。鶴巻酒店は百店舗ほどの鍵を預かっている。

普通は、午後三時過ぎ頃に回ってくる。一度だけだ。

が、今日の『マリス』に限っては早いことを知っていた。

真也の客がタワーを張ることになっていた。

シャンパンタワーを作るには専門のアーティストがやってくる。規模によるが、シャンパンタワー・アーティストは五時間から六時間かけて、精密にグラスを組み上げ、さらにライトアップの工夫を凝らす。

この作業は内装に近い。

アーティストが入る時間は、曖昧《あいまい》だ。人気アーティストは日に二軒受け持つこともある。その専用のグラスを運び入れておくのが鶴巻酒店の役目となる。

したがってタワーのある日は、可能な限り早くグラスを入れておくのだ。

今夜の真也の客が張るタワーは大規模だ。小計三百万円クラスのタワーだという。通常の倍だ。グラスの数も多くなる。

ピンクのハイゼットトラックが『マリス』のビルの前に駐まった。紺色の前掛けをした痩《や》せた老人が運転席から降りてきて、ハッチバックを開けている。まずは台車を取り出し、その上に段ボールを積み始めた。

プラスティックのグラスではない。ガラスのカクテルグラスを使うことになっている。酒屋の店主は慎重に段ボールを載せている。使用するシャンパンボトルも運び込むため、三往復は必要になるはずだ。

森田はエントランスに走った。酒屋の店主よりも先に六階に上がって隠れるのだ。空の工具箱を持って、エレベーターに乗り込み六階に上がった。外階段へと出るドアを開けそこで待機した。変装は人に見られた場合、この店のホストとわからなくするための幻惑用だ。

約三十秒後に、酒屋が上がってきて扉を開ける音がした。入り口付近に段ボールを置き、すぐに引き返していく。鍵の閉まる音はしない。

エレベーターの扉が閉まって降りていく。

いまだ。

森田は『マリス』に忍び込み、トイレに隠れた。あとは酒屋がすべての荷物を運び込むのを待つだけだ。

荷物を運び終えたら、厨房《ちゅうぼう》やレジの点検に入る。それまでの辛抱だ。願わくは酒屋がトイレを使わないでほしい。

帰りは鍵を開けたまま帰っても問題ない。どのみち黒服が出勤するよりはるかに早く、タワーを作るアーティストがやってくる。

アーティストは、鶴巻酒店で鍵を預かってくるのだが、開いていても不思議には思わない。店が開けておいてくれたと思うだけだ。

そして帰りには閉めていく。

酒屋が二度目の荷物を置いていった。まだガチャリとロックする音がしないので、もう一度来るはずだ。

もうしばらくの辛抱だ。

三度目の扉が開いた。台車を押して奥まで入ってくる。カウンターに注文された酒を並べているらしい。

続いて厨房に入る音。冷凍庫を開けている。氷の追加も入れているのだ。ホスクラではクラッシュアイスが山のように使われる。毎日何袋も配送しているのだろう。

「ふうっ」

酒屋の溜息が聞こえた。

頼む、トイレには来るな。

幸いなことに足音は、扉の方へと去って行った。台車の出る音。そして最後に、鍵が閉まる音が、響いた。

「よしっ」

森田はトイレを飛び出した。

まずレジに向かう。開けてみる。札も小銭も入っていない。黒服の長峰が閉店後にきちんと金を数え、草元の確認を得て、靖国通りにある銀行の夜間金庫に運んでいるのだ。この時、必ずボディーガードが付いている。

客の飲み代にはこの間接費用も含まれていることになる。

店長の草元曰く、以前のボディーガードは半グレの『中央連合』だったが、最近政治団体の『愛国桜友会』に替わったそうだ。

どうして替わったかを訊き出すには、もう少し時間が必要だ。迂闊《うかつ》な発言は墓穴を掘る元になる。

レジの下の抽斗《ひきだし》を開けた。覚醒剤の粉末の残り滓《かす》やMDMA《エクスタシー》系の錠剤の破片がないか、手を突っ込んで探す。

抽斗は三段あった。いずれも開けられる。

特に帳簿類はない。

私製領収書の束や丸まった使用済みのレジシートがきちんと輪ゴムでとめられてあった。

それに領収書に貼る収入印紙だ。二百円から一万円まで何種類かあった。

森田は興味本位で領収書をぱらぱらとめくってみた。複写式なので控えが何枚も残っているが、いずれも溜息が出そうな金額ばかりが書き込まれていた。

他は酒屋やシャンパンタワー・アーティストへのオーダー内容のプリントアウトだ。長峰がメールでオーダーしたものを草元に見せるためだ。

『鶴巻酒店』への本日のオーダーはレンタルグラス三百個で二万円。シャンパンはポメリー五十本でざっと十万円。酒屋価格からさらに割引いた金額だが、ポメリーはもともと廉価シャンパンで、タワー用には充分ということであろう。

『坂口インテリア』のオーダー表には『シャンパン組み立て一式、ライトアップ用具一式、プロジェクターマッピングオリジナルプログラミング。総計十万円程度で』とあった。これが今夜三百万に化けるのだ。

そうしたものはいくつもあったが、いくら探っても、覚醒剤やＭＤＭＡに繋がるものは出てこなかった。

ほんのわずかでもあれば手掛かりになり、『キム・ミサイル』を探すためにガサ入れをかけることもできる。

厨房に入った。

入店して十五日目になるが、厨房に入るのは初めてだ。ホストには用のない場所だ。厨房と言っても一畳分ぐらいのスペースだ。高額ボトルを取り置いているショーケースには鍵がかかっていた。

「ちっ」

『キム・ミサイル』が隠されているとすればここだった。鍵穴を見ると、玄関扉ほど複雑な鍵穴ではなかった。シンプルな発条《ばね》式のようだ。

森田はポケットから万能鍵を出した。挿し込み、感触を探る。ガチャリと発条が上がる音がした。

扉を開けた。

ドンペリニヨンのロゼの箱が五個、モエ・エ・シャンドンやクリュッグなどのブランドシャンパンの箱も並んでいる。その箱を一箱ずつ、手前に引いた。

おやっ？

最高級のクリュッグ・グランド・キュヴェの箱がやけに軽い。すぐに蓋《ふた》を開けてみると、びっしり札束が突っ込んである。円ではなかった。米ドルと韓国ウォンの札だ。咄嗟に円換算はできない。

麻薬取引用の外貨ではないか？

『キム・ミサイル』もきっとある。

森田は冷蔵庫を開けた。売り物のチューハイやビールの缶ものが詰め込まれていた。他に簡単な冷蔵食品も並んでいる。パスタやグラタンだ。レンジで温めて皿に盛るだけで小計五千円も取るのだからまったく阿漕《あこぎ》な商売だ。

冷蔵庫のサイドポケットに調味料の小瓶が並んでいる。アジシオが二本ある。一本に大きな丸印が付けられていた。

胸騒ぎがして、取り出した。手の甲に落としてみる。一見あら塩。普通のアジシオより粒が粗い。舐めるとその味は間違いなく覚醒剤だ。森田は尻ポケットからハンカチを取り出し、覚醒剤の瓶を振った。三グラムほど取り出しポケットに仕舞った。

その時だった。突然、尻に衝撃が走った。膝蹴りを叩き込まれたようだ。

「うっ」

森田はよろめき、前のめりに倒れた。

「なにをやっているのかなぁ、毛利君」

振り向くと悠馬が立っていた。鋭い眼光だ。続いて腹部に革靴のつま先がめり込んできた。森田はその場で、うずくまった。次の瞬間、コメカミも蹴《け》られた。

第六章　ギンギラギンにさりげなく

1

上元町商店街。午前八時。

喫茶店『わからん』の窓辺の席には、朝の陽ざしが燦々《さんさん》と降り注いでいた。冬の陽だまりは心地いい。

「また北朝鮮がミサイルを撃ちやがった。奈良林ちゃん、早く資金源のひとつを叩かないと」

笹野隆史《たかし》は、タブレットでネットニュースを読みながら口を尖《とが》らせた。自分の店を潰されたというのに平然としている。

「先輩、定年後二十年もあの煙草店で観測をしていたとは、驚きですよ」

奈良林はトーストにバターを塗りながら、まじまじとこの痩せた鷲鼻の老人の顔を眺めた。笹野は瓦礫《がれき》の山の中から奈良林に救い出されたときに、自分が警視庁の公安出身で、いまも情報提供者であることを告白してくれたのだ。

驚愕の事実だった。

ちなみにお互い、定価一万円のモーニングセットを頼んでいた。九十五パーセントの割引券を入店時に貰っている。

「それも天下りのひとつなんだよ。まぁ極左の過激派にやられるという覚悟は常にあったからね。特に驚かない」

笹野がエスプレッソを啜《すす》りながら言う。

奈良林は周囲を見渡した。他に客はいない。価格改定以来、『仏理研究会』の厄介《やっかい》な客たちはやってこなくなったそうだ。仮にやってきて十人ぐらいに一日中居座られても、一杯が通常の十人分のコーヒー代なので間尺《ましゃく》に合うという。

「六十年前からあの煙草店は公安の監視小屋だったということですね」

公安という部分は声を潜めて言った。

「そう。わしが入庁した一九六二年にあの煙草店は出来たそうだ。当時は極左の非公然活動家たちの監視目的だ。このあたりのアパートにアジトが点在していたという。要は煙草を買いに来るそれらしき男たちの面割《めんわり》だな。あの寺はちょうどわしがここを引き受けた時期に建った。以来、ずっと見張っているよ」

「極左過激派集団とは言えない宗教団体をですか？『光韻寺宗』はむしろ右寄りで、民自党の支援団体でもありますよね。関連団体の政治結社は防共を看板に掲げています」

奈良林はバターをたっぷり塗ったトーストを齧《かじ》った。

「公安は左ばかりを見張っているわけじゃない。極右もきっちり見ている。左右の過激派、カルト集団、外国機関の情報員。この国の内部崩壊や内乱を狙う連中には、すべて目を光らせている。もっとも『光韻寺宗』は右とも宗教団体とも言えないからな」

笹野の目が光った。八十三歳とは思えない力強さだ。エスプレッソを呷るように飲む。

「どういうことですか。マルボウの自分には読めませんが？」

「上層部では情報が共有されているはずだが……まぁいい。七千円のエスプレッソをもう一杯貰うか。あんたは、命の恩人だからな」

笹野はマスターに向かって右手を上げた。マスターがすぐに頷きマシーンに向かっている。その背中に奈良林は声をかけた。

「すみませんが、しばらくクローズにしてもらえますか。その代わり、ここからは割引なしで飲みます」

「了解しました」

マスターの今出は、エスプレッソを運んでくると、そのまま扉に進み『CLOSED』のプレートかけてくれた。

「大先輩、教えてください」

奈良林は深々と頭を下げた。三十四期も上の先輩だから当然だった。

「『光韻寺宗』の宗祖、天堂真澄が戦前、戦中、満州《まんしゅう》の特務機関員だったのは知っているだろう」

「はい。国士《こくし》的な人物だったとか」

「それは、天堂が後からつけた自分に都合のよい脚色ヒストリーだよ。もともとは浅草《あさくさ》のゴロツキだ。賭場《とば》や興行の勢力争いに負けて、居場所がなくなったから満州に渡っただけの男だ。他にすることがないから政治活動に参加したんだろう。その頃の満州では、対外防諜を喧伝《けんでん》して歩くだけで、軍部の受けがよかったと聞く」

当時、多かった大陸浪人というやつらしい。

「それで、戦争末期に諜報活動の特務機関を命じられたということですね」

「諜報活動と言っても単に邦人のスパイ活動の見張りだ。難癖をつけて資産を没収し、軍部に恩を売っていた」

笹野は、エスプレッソを今度は半分だけ飲んだ。

「それで中抜きもしていたということですか」

奈良林は、茹卵の殻を剝《む》きながら訊いた。

「当然さ。コツコツ貯めていた。そして最後は、満州を脱出した邦人の残り資産を、その後、支配したソビエト連邦が奪う前に、確保してしまう。これが個人的な隠匿《いんとく》物資となった」

「それを元手に『光韻寺宗』を起こしたと噂されていますね。ただしそこからさらに資産を増やして、保守勢力に多大なる資金援助をしているのも事実ですね」

「そこが勘違いの元だ」

笹野は目を見開いた。冬の陽ざしが皺《しわ》だらけの顔を照らしている。向かいの楽器店『パイプライン』のシャッターが上がり、中から出てきた店主の三田が両手を上げて欠伸《あくび》をした。平和な日本の朝の光景だ。

「勘違い？」

「そうさ。天堂は保守政党を応援したんじゃない。与党である民自党に、裏で政策を押しつけるために、援助をしたんだ。それは防共の逆だ」

「えっ？」

奈良林は動揺した。殻《から》を剝いたばかりの卵を落としそうになった。

「天堂真澄は親中政策、親北政策を実現させるために保守勢力に加担しているんだ。単純に言えば、この国では左派政党が政権をとることは難しく、仮にとったとしても政権担当能力はない。天堂真澄は、一九五二年の段階でそれを読んでいた。そこだけはたいした眼力だったと思う。たぶん米軍の駐留は百年続くと踏んだろうね。その存在がある限り、日本は自由主義陣営の一員ということになる。それなら、この国の資金を中国や北朝鮮に投下させたほうがよいと考えた。それが真実だ。そして民自党になくてはならない存在でいることは、自分たちの安泰にもつながる」

笹野が『パイプライン』のショーウインドーを見つめて目を細めた。ドラムセットのリムが反射していた。

「なぜ、中国や北朝鮮という全体主義を応援するのですか?」

「満州滅亡の時期の物資強奪に協力したのが、当時の中国共産党の一派だったとすれば辻褄が合うじゃないか。繋いでいるのは金。海をまたいで共存共栄を図っている。どちらも独裁を夢見る連中だ」

笹野の言葉が腑に落ちた。

イデオロギーも経典も建前ということだ。独裁者になるための手段として掲げているだけなわけだ。

「それが、三代目になった現在でも続いていると」

卵を齧った。瞬間的に、塩を振っておけばよかったと反省した。

「三代目の天堂郁人は、機が熟したと踏んでいる。すでに民自党の国会議員の三割ぐらいは『光韻寺宗』の選挙協力に依存している状況だ。地方議員などは、百票レベルの差で当落が決まる。彼らにはなくてはならない存在だろう。ここまでくるともはや民自党はコントロールしやすくなってくる。対中資本投下、対北政策の転換を求めようとしているんだ。民自党は鼻薬を嗅がせられすぎて、動けなくなった」

笹野にじっと睨《ね》められた。

「公安部はそれを、見ているだけですか」

「あんたのとこと違って、公安はエリート集団だ。与党が嫌うことはしない。だから奈良林ちゃんに情報を流したほうが、何か変えられるかと思った。正直、交番の警官がやってきて、松永恭子とかいう女の写真を見せられたときは、やったぜベイビーと思った。捜査課か組対課が事件を作ってくれるかもしれないと思ってな。具体的な事件があれば警察は動く」

そこでようやく笹野はクロワッサンに手をつけた。いちいちマルボウとは、好みが違うとカッコつけたがる爺さんだ。

「うちらは、北朝鮮製の覚醒剤の元売りから、手を突っ込んで来たんですが『光韻寺宗』と薬物の関連はわかりますか」

ズバリ訊いた。

「ここで、見ているだけでは、そこはわからん。だが、奴らはいま、莫大な資金を作ろうとしている。そのために覚醒剤は手っ取り早いだろう」

「その金で、何をしたいんでしょう？」

「いま、わしに見えていることは、この上元町というエリアを奴らは、買い占めようとしていることだ。だが目的まではわからない」

笹野がまた商店街に視線を向けた。

あちこちでシャッターが開き始めた。

日本はまだ平和だ。

奈良林は、冷めかかったブレンドコーヒーをごくりと飲んだ。

2

「おまえ、そもそも俺が警察だって、いつから探っていたんだよ？」

森田はまだ痛む、体のあちこちを摩《さす》りながら訊いた。北参道《きたさんどう》の悠馬のマンションだ。窓から明治神宮の森が見えた。

「初日に店長に紹介されたとき。すぐわかりましたよ。友達の兄さんが警察官だから」

「なんで？」

もはやバレていたので、ため口にした。

「お辞儀の仕方ですよ」

「はい？」

意味がわからなかった。

「毛利さん、両手を太腿の外側にぴったりつけてお辞儀したでしょう。背中を曲げる角度はきちんと十五度だった。あれ典型的な警察官のお辞儀ですよ」

「気づかなかった」

「それと、挨拶するときにみんな普通に手を上げるんですが、毛利さんのはなんだか敬礼の癖が抜けてないんです。必ず顔の横で手を斜めにしている。他の連中はたいがい手の平を見せるように掲げます。ほら」

悠馬が胸の前で、軽く手を広げて見せた。たしかにそうやって挨拶を交わしているホストのほうが多い。

同じ高さでも自分は手刀《てがたな》を切るように手を翳す。たしかに敬礼の癖だ。

昨日の朝、『マリス』の厨房で覚醒剤を発見した瞬間、悠馬に見つかってしまった。コメカミに猛烈な蹴りを食らって気絶した森田を、悠馬は自分のマンションに連れ帰った。

そして目覚めた森田にきっぱりと言ったのだ。

「潜入刑事でしょ？」

「なぜ、店長やオーナーに連絡しない」

森田は聞き返した。

「僕も、こっそり店に入ったからですよ。『鶴巻酒店』が来ると思っていましたから。忍びこめるチャンスだと思ったんです。刑事さん、同じこと考えましたね」

刑事かどうかは答えず、森田は切り返した。

「そっちはなんで店に入ったんだよ」

「狙っていたのは同じです。覚醒剤ですよ。あれを俺の客に使わせたくなかったんです」

森田はじっと悠馬の目を見た。悠馬も睨み返してきた。

「使おうと言われたのか」

「はい。真理恵と亜由美を今週一気に叩こうと、店長から言われました。オーナー命令だそうです」

「叩く？」

「ヤク中にしてしまおうということです。来店ごとに混ぜて、ハイテンションセックスをするんです。色恋で虜《とりこ》にしても、彼女から搾《しぼ》れる額には限界があるじゃないですか。それをもう一押しするには、クスリなんです。クスリ漬けにして、保険金を一億掛けさせろって。一年待って、いきなり冷たくしろって」

「自殺するってか？」

森田は、声を張り上げた。

「それを待てと」

悠馬の声は沈んだ。

「マリアって客、誰の客だった？」

「やっぱり刑事だったんですね。その裏付け捜査ってわけですね」

「どうでもいい。マリアは誰の客だった？」

森田は悠馬のジャージの襟を摑んで揺さぶった。

「隼人ですよ」

「保険金は奴の手に入ったのか？」

「たぶん入金したと思います。最近は真也の客がたぶん、徐々におかしくなり出しているんで、あと半年ぐらいで、ダイブしちゃうんじゃないかって。これまずいっしょ。一種の殺人ですよ。俺はそこに加担したくない。でも、結局俺が辞めても『マリス』の客の誰かが餌食《えじき》になるんですよ。歌舞伎町ではね、一か月に何人もダイブするんですよ。だからシャブ中のホス狂いが続けざまに自死したって全然、不思議に思われない」

悠馬は森田の手を払いのけた。凄い力だった。

それで森田もピンときた。

「悠馬、おまえ、マトリだろ」

「えっ」

「正義感が見えちゃっているよ。力もあるしな」

今度は悠馬の目が泳いだ。

マトリ……厚労省の麻薬取締官のことだ。警察とは別に薬物捜査のみに専念している。

潜入捜査が多く、ときに囮《おとり》捜査も行う。警察官同様に拳銃の所持も認められている。

「潜っていたんだろう。スリーパーなら、ここまで来るのに何年もかかったんだろう？

そりゃ仕留める前に刑事に荒らされたくないよな」

「ふんっ」

悠馬は不機嫌そうに笑い、伸びた襟を直した。当たったらしい。

「俺がここで上がったら、マリスの客にガンガン職質かけさせるぞ。そしたら、さすがの張本オーナーもしばらくは控えてしまうだろうな」

「毛利さん、まぁあえてここではそう呼び合いましょう。そっちの狙いは何ですか？」

「『キム・ミサイル』だ。その元売り、大坂悟をパクりたい。背後の反社を叩きたい」

「まいったな。被りましたね。うちらも大坂を狙っている。ただし背後には興味がないです。毛利さん、暴対の情報刑事ですね」

「だから、お前は？」

「名前は悠馬のままでいいですよね。マトリです。お互い裏取りなしで期間限定ユニットを組みませんか？　上に知れるとややこしいですし。知らなかったでいいじゃないですか」

悠馬が提案してきたのだ。手を組むしかあるまい。

「何年潜っている」

「歌舞伎町に五年。ボーイズバーのバイトから始めて、ようやく『マリス』に辿りついたんですよ。でかい取引がこれからあると踏んでいます。百億規模。大坂が北朝鮮から引いてくるはずです。買い手は張本です。だから金を、かき集めているんですよ。霞《かすみ》が関《せき》としては、その現場を押さえたい。桜田門と違って大坂をパクりたいわけではない。百億のブツを押収しなければなりません。それが市中に流れたら末端価格は五千億円ぐらいになります。世田谷区の年間予算よりでかい額ですよ」

「わかった。そっちはブツが市中に流通しないために、俺らは反社を叩くため。それでいいってことだな」

「そういうことで。昨日のクスリは元に戻しておいた。長峰のことだから、毎日数を確認していると思う。不注意にワンパッケージ、抜かれても困るんですよ」

「わかった」

グータッチで合意した。

そのまま一緒に歌舞伎町に出たが、店にはバラバラに入った。真也の客のシャンパンタワーを応援し、自分たちもそれなりに売り上げを上げた。

夕方、悠馬は真理恵と同伴ということで、待ち合わせの寿司屋へ向かうため先に出て行った。森田は千鶴に営業メールを送っていた。

今夜来てくれるという。なんとかシャンパンタワーに持ち込みたい。

午後七時『マリス』に出勤し九時までは、初回の客を何人か相手にした。残念ながら担当に繋げるまでには至らなかった。

午後九時、悠馬が真理恵と同伴出勤してきた。森田は隼人のヘルプについていた。客は佳乃だ。

「真理恵姫っ、取りあえずのピン三本！　畏《かしこ》まり！」

黒服の田中が声を張り上げカウンターにふっ飛んでいく。ヘルプには若手がついていた。フルートグラスも三本出ていく。

隼人がじっと悠馬の席を睨んでいた。隼人は少し疲れている様子だ。佳乃がまったり肩にもたれかかっている。

「毛利君、どんどん注いで。私、このところめちゃくちゃお酒強くなったのよ。ヘネシーX.Oならいくらでも飲める」

「はいっ」

森田はブランデーグラスにクラッシュアイスを入れ、琥珀《こはく》色のブランデーをたっぷり注いだ。

「隼人にも作ってよ」

「はい」

もうひとつ作る。事前に言われていたように薄めにした。

「いやーん。隼人逃げ打ってる。もっと濃いのを飲んでふらふらになってくれなきゃ、佳乃つまんないっ」

佳乃が荒れ始めた。

「しょうがないな。毛利君、足してくれ。それと毛利君もな」

「わかりました。いただきます」

濃いブランデーを、三人で一気飲みした。ブランデーはさすがにしんどい。佳乃も虚ろになっている。

「千鶴姫のご来場、毛利王子バック願いまーす」

「はーい」

立ち上がると悠馬のテーブルが見えた。グラスを使わず、三人ともボトルごと飲んでいる。ホストがやるのはわかるが、客は珍しい。真理恵が悠馬にどんどん貢献したがっているのだろう。

千鶴の席に着いた。

「ダーリン！」

がっしりと抱きつかれる。背骨が折れそうだ。相撲《すもう》を取っている気分だ。

「姫っ、落ち着こう！」

「落ち着かない！　ここでセックスしたい！」

もう千鶴はへべれけだった。

「ねぇ、千鶴姫。ぼくもそろそろタワーとかやらないと、来月もここにいられるかどうかわからないんだ」

悠馬に教わった殺し文句を並べた。千鶴の目の色が変わった。

怒るか？

「やるわよぉ。やるっ！　いつにする？」

すぐに股間に手を伸ばしてきた。

「待って、いまスケジュールを聞いてくる。その日は千鶴姫だけのタワー日にするから」

「楽しみぃ！　取りあえず、モエ二本」

ぶちゅっとキスされ、舌をベロ舐めされる。ようやく振り切り、森田は這這《ほうほう》の体《てい》で、レジに進んだ。

黒服の長峰にスケジュールを聞く。

「来週の火曜が空いてます。午後八時からということでどうでしょう」

「そこで頼みます」

そう言って席に戻ろうとした。

「毛利、仕込むぞ。お前、今夜あのデブとやっちまえ。世界一、気持ちのいいセックスしてやれよ」

いきなり草元に肩を摑まれた。

「えっ、仕込むって？」

「心配するな、唐揚げバスケットをサービスだって言え。お前はそう言うだけでいい」

「は、はいっ」

拒否権はない。草元にそう頷いたとき、黒服の田中が厨房に飛び込んで行った。驚いたことに、中にオーナーの張本がいるのがちらりと見えた。

軽い胸騒ぎを覚えた。

席に戻るとモエ・エ・シャンドンがすぐに届く。フルートグラスに注いで乾杯した。

「千鶴姫、唐揚げのバスケットをサービスしますよ」

「いらない」

千鶴がぽつりと言った。

「これ以上、デブになりたくないっしょ」

バーンと胸を小突かれた。あばら骨が折れそうだ。森田はすぐに手を上げ黒服に唐揚げのキャンセルを伝えた。ほっとした。

二本飲み終えると、千鶴はさらに二本オーダーしてくれた。乾き物のバスケットがついてくる。ポップコーンだった。千鶴の好物だ。今度はこれに仕込んできたようだ。彼女を巻き込みたくはなかった。

「タワー初めてなんで、俺のほうがドキドキだよ」

「童貞、食べるみたいで楽しいわ。ぐふっ」

森田はポップコーンのバスケットをみずから積極的に食べた。結果的に、森田が八割食べ、千鶴はごく少量しか口に入れていない。

一時間後、千鶴のスマホが鳴る。

「うわっ、客がついた。オールだって。ごめんねぇ〜王子っ」

なんどもハグを繰り返し、千鶴は帰って行った。総計五十万。カードで支払い、領収書を持って行った。

真理恵はすでに上がっているようだった。

なぜか悠馬の姿が待機席にもホールの席にも見えない。閉店にはまだ一時間あるのに妙だ。

「毛利君、ちょっと厨房へ」

待機席に進むと草元に声をかけられた。いやな気がした。ついていくと驚愕《きようがく》の光景が広がっていた。

悠馬が顔中、血だらけになって倒れている。そばにはスキンヘッドにサングラスをした男がチャイナ風の作務衣を着て立っていた。握った拳に血がついている。

その脇で、パイプ椅子に座った張本将司が、腹を抱えてのたうち回っている悠馬を見下ろしていた。

「昨日、酒屋から電話があったんだよ。シャンパンタワー・アーティストが、最初から鍵が開いていたと言っていたそうだ。律儀な鶴巻じいさんが、いちおう連絡しますってね、連絡してくれたわけさ。それでビルの管理会社に頼んで、防犯カメラを点検させてもらった。今日の開店前にようやく持ってきてくれた」

草元がじろりと森田を睨み、つづいて指示を仰ぐように張本に視線を移動させた。

「てめぇら、なにやってんだ? ヤク探しだろう? で、最初は、くすねてカネにするか、自分の客に食らわせるのかと思ったけどよ、さっきわざわざ仕込んでも客に食わせないっていうのを確認して合点がいったよ。てめえら、イヌだな」

　張本が顎をしゃくると、スキンヘッドの男の拳が頬に一直線に飛んできた。頬に激痛が走る。

「いや、そんなことないですよ。千鶴はちゃんと食べてました。そして自分も食わないと怪しまれると思っただけですから」

　森田は頬を押さえながら弁解した。

「そんな言い訳が通るとでも思ってんのかよ。だったら、なんで作業服まで着こんで店に忍び込みやがった！　あぁ」

　張本が立ち上がり、頭突きを食らわしてきた。脳の中が揺れる。さらにスキンヘッドの男の拳が左の目の下あたりから鼻梁《びりょう》にかけて打ち込まれた。強烈なフックだ。鼻血が噴き出る。顔をこれだけ殴られるのは、もう店に出す気はないということだ。

――ホスト廃業。

　名残惜しい思いに駆られながら、森田はその場に両膝をついた。

3

「これを吹いてみてくれ」

スキンヘッドの綾野和彦《あやのかずひこ》がアルトサックスを持って来た。古ぼけた、くすんだような色のサックスだ。

この男、サングラスを取った顔も、していたときと同様に怖い。一重瞼《ひとえまぶた》の端が切れあがった狐のような人相で、体中から得体のしれない冷酷さが漂っている。

「どんな曲がいいでしょう」

堀川美奈は、サックスを受け取った。手に取って新品であることがわかった。アンラッカー仕上げだ。剝き出しの真鍮《しんちゅう》のままの製品で、これを好むプレイヤーもいる。

「なんでもいい。いいから吹いてみろ」

綾野に凄まれた。

「『ノー・プロブレム』という古いジャズをやります」

アンラッカーのサックスで閃《ひらめ》いたナンバーだ。硬質な音が特徴なこの色の楽器には合っているはずだ。

有名な出だしを吹いた。邦題は『危険な関係のブルース』。本来はトランペットと合奏すべきナンバーだが、単音でも妙な迫力がある。

ここは煉瓦《れんが》建て倉庫だ。アンビエントは最高だ。吹いた音が即座に壁にぶつかり跳ね返ってくる。そんな感じだ。

この倉庫に監禁されて丸二日ぐらいだろうと推測した。窓も時計もないので、時間の経過は体感と食事の数で推し量る以外にない。

吹いている間、綾野は足でリズムを踏んでいた。音楽はどんな性格の人間の心にも浸透する力を持っている。

美奈は続けざまに、アート・ブレイキーのナンバーから『モーニン』をやった。誰もが知っているファンキーなメロディだ。こちらは単音でも充分伝わる。

綾野は足だけではなく体も揺すった。

アドリブも含めてトータル五分ほど吹いて終えた。

「本当に音楽をやっていたのはわかった。それで改めて尋ねるが、煙草屋では何を訊いていた？」

「引退する先輩に付き合って、実の伯父さんの家について行っただけです。あの禿げ頭に赤い毛糸の帽子を被った人は、あの煙草屋さんの甥です。伯父さんがもう年なので、煙草屋を引く継ぐ件を相談に言っただけです。私はあの煙草屋の向かいのお寺に入るなんて思ってもみませんでしたよ。すべて偶然です」

「信じると思うか？」

「なんとも言えませんが、本当の偶然ですから説明がつきません。あの煙草屋に突っ込んだトラックは、こちらの関係ですか？」

「無関係だ。産廃業者のトラックでドライバーは居眠りしていたそうだ」

綾野が表情も変えずに言った。平然と嘘をつける男のようだ。

「なぜ入信しようと思った。まさか一時間で、門徒士に折伏《しゃくぶく》されたとは思えないが」

「元から興味があったんです。そこへ偶然、お掃除サービスさんが来たので、お話を伺って入ることを決めました。厳密に言えば、深く考えていません。ただ、曼如羅是空を唱えていると、しだいに内面が見えてくる気がします。まだ理論的なことは理解していませんが、続けたいと思います」

「信じられんな」

「私も綾野さんの話が信じられません」

潮の香りがしてきたので、ここは海の近くなのだろう。

「まぁ、いい。本当に『光韻寺宗』の門徒士になったということであれば、修行の一環として私心を滅却してもらわなければならないが」

「どういうことでしょう?」

「あらゆる私財を寺に寄付してもらう。そうしなければ過去の淫縁が消えることはない」

――出た!

と思ったが、顔には出さなかった。『光韻寺宗』の高額寄付強要については事あるごとに社会問題化しマスコミも取り上げている。結弦の母恭子も、多額の借金を背負わされているという。

「まだ私財と呼べるほどの資産はありませんが」

「これがあるだろう」

綾野がスマホを翳した。荻窪四丁目の実家が映っていた。さすがに胸の鼓動が一テンポ上がった。

「ライブ画像だ。いまは誰もいないな。ここを処分すればいい」

「私の名義ではありません。父の物です。ご要望については理解しますが、説得するにはそれなりに時間がかかります」

時間稼ぎに抵抗を試みる。

「みんなそう言うんだよ。だから救済されない。そもそもあんたの淫縁は、両親も背負っているんだ。説得するべきだ」

「やってみるしかないですが、それを言い出したら、私は家から出してもらえなくなると思います。それに警視庁も、何らかの理由をつけて私を警察学校などに隔離する可能性もあります」

ブラフをかけた。前回の特殊詐欺集団への潜入経験で、かなりタフな神経の持ち主になっていた。

綾野は考え込んだ。考え込みながらスマホをさかんにタップしていた。ラインで誰かと相談しているのかもしれない。五分ほどして、ようやく口を開いた。

「しばらく、ここで奉仕をしてもらうことにする」

『愛国桜友会』に所属するということだ。

「何をすればいいのでしょう？」

「選挙運動に協力してほしい。勿論民自党の議員の選挙には多くの門徒士も動員されるが、堀川門徒士には主に街宣活動に協力してほしい」

「どういう街宣ですか？」

「演説が主だが、それを盛り上げる小さな楽団をつくってもらいたい。門徒士の中から、楽器に心得のある者を集めるから、一週間の特訓で何とかしてほしい。ただし肝に銘じておけ……われわれは荻窪の堀川家を常に見張っている」

「はい……」

いったい何がしたいのかわからないが、美奈は頷いた。

翌日、窓のない倉庫に、男ふたりと女ひとりが集められた。いずれも門徒士だという。

男のひとりは谷口啓三《たにぐちけいぞう》。三十五歳。高校時代ブラスバンドでトロンボーンを吹いていたという。

もうひとりは四十五歳ぐらいの太った男。日野正和《ひのまさかず》。若い頃ロックバンドを組んでおりギターがメインだが、多少トランペットが吹けるという。

女は美奈と同じ二十七歳の三上晴美《みかみはるみ》。小学生の時に鼓笛隊で縦笛を吹いていたことがあるというだけだった。

サックスの他にトロンボーンとトランペットの金管二本はすでに用意されていた。

「彼女にはクラリネットとか？」

強面の綾野に代わって、街宣車の主任だという男が訊いてきた。

「はい、それがいいのですが、リズム楽器が欲しいです。大太鼓と小太鼓。それにシンバル。四人で工夫して使います」

街宣なのだから勢いが欲しい。

「わかった。それは綾野隊長も賛同すると思う」

主任はすぐに楽器を運び込んできた。

音楽の指導以外の私語は厳禁という。倉庫の四囲にひとりずつ迷彩服を着た監視員がつくという異常な環境で特訓が始まった。

選曲には高校野球を応援するブラスバンド曲を参考にした。それと道行く人が聞き覚えのあるアイドルソングのカバー。それも多くの年代をカバーできるのがいい。

そんな曲を十曲ほど選んで四人編成用にアレンジした。三上晴美にはクラリネットよりも小太鼓を担当してもらった。金管二本にサックスなので、クラリネットを足すよりも、勢いで押しまくったほうがよいと考えた。

三日ほどでサマになってきた。一日八時間の特訓は、それなりな量で、多少なりとも音楽的な下地のある三人は、めきめき腕を上げた。壁に向かっての題目の唱えから解放された目新しさが、三人を夢中にさせているのはよくわかった。

私語は一切交わさなくとも、音の調子で感情を伝えあえるのだ。三人とも楽しいということを、懸命に表現してみせた。

——これだ！

美奈は閃《ひらめ》いた。

カルト集団に入り、繰り返し教義を聞かされ、様々な修行で思考停止状態にされた門徒たちをマインドコントロールから解くひとつの方法として、音楽がある。聞くだけではなく実際に演奏をすることで、人間は感情とか欲望を取り返すに違いない。

松永恭子のように自分から脱会を求めてきた門徒でなければ、マインドコントロールを解くのはそもそも困難なことだ。

そしてカルト宗教集団を潰すことは、信教の自由からして困難だ。けれども抜けたい人を抜けさせ、コントロール下にあった思考を解放することはできるはずだ。

楽器演奏は失った個性を取り戻す有効な手段だ。

「『うっせぇわ』のサビが凄くよくなりました。ライバル陣営が現れたらこれです。それから、演説の合間に入れる『コンバットマーチ』は、もうすこし勢いよくやりましょう」

これには監視員の迷彩服姿の男たちも、何度も頷いた。

美奈はバンドの特訓以外の時間は、倉庫脇の個室にひとり入れられていた。ベッドはない。煎餅《せんべい》布団一式と食事用の卓袱台があるだけ。まるで刑務所の独房のようだ。そして、食事がすむと『曼如羅是空』の題目を唱えさせられることに変わりはない。

部屋を出られるのはトイレに行くときだけだ。それも女性隊員の付き添いのもとだ。

その日、部屋の外で、けたたましい音がした。人が転倒するような音だ。

「立て、イヌども。お前らは武装兵にならなければ、地獄へ落ちる。さぁ、ここで『曼如羅是空』を一万遍唱えるんだ」

そんな声が聞こえてくる。

「わかりました。やります」

「自分もやります」

男ふたりの声だ。

いつもバンドが練習する倉庫の中央のようだ。

美奈はドアに向かって用足しを申し入れた。すぐに女の隊員が扉を開けてくれた。軟禁状態ではあるが、それなりに優遇されているということだ。

倉庫を横切る形でトイレに向かう。正座させられている男ふたりが見えた。曼如羅是空を唱えている。

――森田さん。

顔にいくつもの打撲の跡があり、痩せこけた森田明久の姿を認めた。もうひとりはわからない。

美奈はあえて立ち止まりふたりを凝視した。

「まっすぐ進んで！」

女隊員が叫ぶ。瞬間的に森田がこちらを向いた。その瞬間だけは精気のある目で、瞬きを二回した。『潜入中。無事』のサインだ。そして実は元気であるという知らせだ。

美奈は髪をかき上げた。三本の指でかき上げる。『こちらも順調』のサインだ。どちらが先にここを抜け出しても、相互扶助ができる。潜入捜査員同士のサインである。

美奈は、そのままトイレに向かった。

部屋に戻り眠る。森田と一緒にいた男は誰だろう？　イケメンのようだが、顔は森田以上にボコボコにされていた。

翌日、またバンドの練習をした。仕上げの時期だった。森田たちのことが気になったが、ひたすらバンドの練習に集中した。外から違うリズムが聞こえてくるのが少しだけ気になった。バシッのあとにかなり間がある。次のバシッが聞こえた。変則一拍子か。そんな拍子、聞いたことがない。ただのリズム音痴。

「はい『コンバットマーチ』、連続五回行きましょう」

美奈はカウントを取った。

4

倉庫から離れた別棟の修行部屋だった。プレハブ小屋だ。倉庫の方から『コンバットマーチ』が聞こえてくる。堀川が吹いているに違いない。

――あいつはいったいどんな潜り方をしているんだ。楽すぎねぇか？

邪念が入り、曼如羅是空の空が上擦《うわず》った。

「うっ」

背中全体を警策で打たれた。

森田の額が目の前の壁に激突する。そのまま右肩を編み上げブーツで蹴られた。曼如羅是空を唱えている最中にいきなりだった。

まだ体力は充分残っているが、枯れ枝のように吹っ飛んでみせる。抵抗する体力がもったいない。

脱出の機会は必ずやってくる。

「特攻に行くよな！」

スキンヘッドの綾野和彦の声が飛んでくる。

「はいっ！」

「お前どうだ！」

今度は悠馬を突き飛ばしている。悠馬は背中を強張らせていたためか、倒れない。無駄に体力を使っている。森田にはそう映る。マルボウとマトリの潜入経験の違いだろう。

倒れない悠馬に苛立った綾野はさらに強い蹴りを脇腹に叩き込んだ。

「ぐふっ。やります……げほっ」

悠馬は噎《む》せながら床に横転した。

「明日だ。毛利は多摩川沿いにある上元町という住宅街の一軒家、悠馬は『わからん』という喫茶店にダンプを突っ込め、いいな。突っ込む前に缶酎ハイを五本飲め。本当におまえらを信用するのはそれからだ。ただし、成功させたら正仏師に昇格だ。この国を変えることに参画できるポジションだ」

綾野が警策を放り投げた。

帰れるわけがない。そのダンプにはガソリンのポリタンクが積まれるのだ。引火したら一瞬で炎に包まれることになる。

ここに連れてこられる前は、どこか別なマンションの一室で、さんざん殴られ気絶していたが、覚醒し始めたときにこいつらの謀議を聞いた。われわれはそうやって警察に返品されるのだ。

これはそのための洗脳でしかない。

ギリギリまで同行者がいて拳銃を突き付けられているのだろう。降車した後もたぶん単車で狙われたまま走らされる。

突っ込まないわけにはいかない心理状態に押しやられるのだ。

だがそのとき一瞬の隙はできるはずだ。脱出はそのときだ。森田はひたすら体力の温存に努めた。

ふと悠馬を覗き見ると、唇が切れたようで血が滲んでいる。こいつは隙をつけるであろうか。

――運による。

所詮最後は運が生死を分ける。

と、次の瞬間、目の前の壁が大きく揺れた。巨大な岩が激突したような音だ。

「なんだ？　こら歩兵何をやっている！」

綾野が怒鳴り声を上げる。隊員が駆ける音がした。

「うわっ！」

「ぎゃっ！」

悲鳴が上がっていた。

目の前で再び轟音が響く。

「てめえら、そこを離れるんじゃねぇぞ」

綾野がプレハブから飛び出していった。

「せーの！」

女の野太い声が重なっている。聞き覚えのある声だ。

——なんで？

と思った瞬間、目の前のプレハブがひび割れた。スチールの切れ目からマサカリの刃がふたつ、ぶすっと突き出てきた。森田も悠馬も飛び退《の》いた。

——怖《こ》えっ。

連続して刃が当たってくる。隊員たちが喚《わめ》き、鉄パイプの音もした。乱闘になっているようだ。

「締めろ、千鶴、締めあげてそのサングラス野郎を落とせ！」

亜由美の声だ。やはりあのふたりだ。

「死ねやぁ、ハゲ！」

千鶴が吠えた。

どさっと人が床に落ちる音がした。

亜由美がプレハブの入り口から堂々と入ってきた。黒のヘルメットに濃紺のツナギを着ている。

「悠馬、きっちり三日目で来たよぉ」

「サンキュー」

悠馬が立ちあがる。続いて千鶴も入ってくる。やはり濃紺のツナギだ。ヘルメットはピンク。

「ダーリン、セックスしよぉ！」

ハグされた。

「するする！」

森田は歓喜の声を上げた。

表に出る。高い塀に囲まれていた。迷彩服を着た男たちが何人も飛び出してきた。その連中に千鶴が発煙筒の束を投げつけた。一瞬ダイナマイトに見える発煙筒だった。男たちが飛び退いた。

煙幕が張られる中、亜由美の先導で塀の脇にある勝手口から外に出た。アメリカンスタイルのバイクが二台並んでいる。

「メットは後回し、後ろに乗って」

亜由美の指示で、森田も悠馬もそれぞれの客の後部シートに跨った。アクセルが全開され、前輪を跳ね上げバイクは飛び出していった。

山下埠頭《やましたふとう》付近の倉庫街だった。

森田は千鶴のウエストにしっかり両手を回し、背中に顔を埋めた。

「ダーリン、どうせなら、おっぱい揉んで」

千鶴が猛スピードで山下公園の前を疾走していく。

「なんであそこがわかった」

風に逆らって大声で聞く。

「悠馬君、亀頭にGPS埋めているから。隠すところがそこしかないって。その受信機、亜由美が持っているのよ」

風に千切れ千切れになりながら、千鶴の声が聞こえてくる。

「あんたら、いったい何者?」

「悠馬君の部下。それ以上は聞かないでね～　おっぱいは触ってもいいよ。下でもいい」

千鶴が体を揺する。森田は半ばやけくそ気味に、千鶴の乳を揉んだ。バイクは首都高に上がり東京へと向かった。

潜入完全終了。残務は堀川の潜入をサポートするだけだ。

ホストクラブ『マリス』はカルト宗教『光韻寺宗』のゲートウェイだった。

カルト宗教とホスト。

どちらも洗脳で金を奪うという集団だ。『マリス』は絶対潰《つぶ》さねばならない。

5

一週間の特訓が終了すると、いよいよ街宣に出ることになった。四月の統一地方選挙を控え、民自党区議候補をサポートするという。

美奈は約十日ぶりに、バンドのメンバーたちと一緒に倉庫の外に出た。駐車場だった。屋外だが高い塀に囲まれており、空しか見えなかった。鉛色の街宣車が三台駐車していた。

三日ほど前に、倉庫の外で乱闘があったようだが、おそらく森田は脱出したのだと思う。

綾野の不機嫌さがそれを物語っていた。

そうだとすれば、今日あたり暴対課は仕掛けてくるはずだ。この場所もエキストラたちによって、監視されているはずだ。

ここからはフリージャズの世界だ。アドリブですべて応酬するしかない。

「バンドは真ん中の一台に乗れ」

綾野に命じられ、まるで護送車のような街宣車に乗った。エキストラの追跡車がいるかもしれないと期待した。

サインが受けられるのであれば、早いほうがいい。だが、車に乗り込むと目隠しされ、あっさり夢は閉ざされた。

だが宗主の説教動画を観せられるよりはマシだ。美奈はいまのうちに眠ることにした。睡眠負債を解消すると、脳は回る。

ちょうど一時間ぐらい走行して、街宣車は停車した。

目隠しを外され、太陽の光にくらくらしながら窓の外を見やると、そこは古い会館の敷地内だった。川の臭いがする。

二階建ての会館の前には、小型の選挙カーが一台と民自党の大型街宣車が駐車していた。閣僚級の大物政治家がやってきているのではないか。

「ここでは演奏はいいが、バンドも中に入ってくれ」

綾野に促され、美奈たちも会館に入った。三百人ほどの客席のあるホールにびっしり人が座っていた。

松永恭子の顔もあった。門徒士たちが動員されているわけだ。恭子がいるということは、上元町の界隈ということであろうか。

ステージ中央に演壇。演壇の脇に天堂郁人聖人の写真が額に入って立てかけられている。

背後の上に横書きの看板。『胡桃沢寅吉《くるみざわとらきち》先生　区議会選出陣式』とあった。

下手《しもて》に司会者が立っていた。『光韻寺宗城南別院』の院長、高垣幸次と名札がついていた。美奈は院長を見るのは初めてだった。

「それでは、胡桃沢先生の決意表明です。さきほど先生には、これまでの当宗に対する貢献に感謝し『名誉正仏師』の位《くらい》が贈られました。偉大なる聖人さまのお考えです。さぁ、胡桃沢先生、どうぞ！」

高垣が言うと、観客席の全員が両手を上げて手のひらを振っている。

「胡桃沢先生、胡桃沢先生」

とコールが続く。

客席後方から眺めていた美奈は、ある既視感を得た。報道でときたま見るある国の光景である。独裁者に手を振る観衆の姿に似ているのだ。

「ありがとうございます」

万雷《ばんらい》の拍手と共に、現役の区議でもある胡桃沢寅吉が登場する。

名前からして、年配者を想像したが、四十代の痩せた政治家だった。

「『光韻寺宗』の皆様、ご支援ありがとうございます。不肖《ふしょう》、胡桃沢、天堂聖人の御心《みこころ》、皆様のご意思を反映させるために今回も議席を確保したく、ひたすらお願いする次第です」

胡桃沢はいきなり演壇の脇に出てきて、土下座した。

そこまでするか、と胸底で唸ったが、そこまでするのが政治家なのだろう。

土下座の後、演壇に戻り一通り決意を述べた胡桃沢に司会の高垣が、質問をし始めた。

「胡桃沢先生、約束してください。上元町地区の私たちの再開発計画にご協力願えますね！」

「もちろんです」

「『光韻寺宗』の総本山移転と愛国タウン建設のためにはどうしてもあのエリアが必要です。どうかひとつ、次期任期中での推進をお願いしたい。そして高層建築可能な条例に変更願いたい」

高垣が実に具体的な要望を言い始めた。

「国にも働きかけます。いまどき環状線の脇の住宅街が、高層建築禁止のエリアであるなど、おかしいんです。条例、法律を変えねばなりません！」

大きな拍手があった。

詳しくは知らないが、上元町は第一種住居専用地域のようだ。おそらく地盤のせいではないか。

「そのことを約束してくれるならば、私たちは全力で胡桃沢先生をお支えします」

「約束します！」

すると一人の男が演壇に向かった。仏師長の浦上だ。手に表彰状のような紙を握っている。

「政策協定書へのサインをお願いします」

マイクを通じて、高垣がサインを迫った。胡桃沢は笑顔でサインをした。再び万雷の拍手に包まれる。

胡桃沢が何度も手を振り、ステージ下手《しもて》に消えた。

「さぁ行くぞ」

と綾野から声をかけられ、街宣車へと引き返した。

その時、会館の敷地内に、ミニパトに先導された黒塗りセダン車が現れた。パトカーから先に女警が降りてくる。世田谷中央署の交通係、清瀬芽以だ。鼓隊の女だ。

エキストラだとすぐにわかった。美奈の顔を知っている者が選ばれたのだ。美奈は慎重に街宣車に向かって歩く。

黒塗りのセダンから、元国土交通相の花園貴子《はなぞのたかこ》が降りてきた。還暦を過ぎているが美貌の女性政治家だ。

「花園先生どうもご無沙汰しております」

会館から精悍な男が出てきた。綾野が足を止めたので、美奈も止まった。

「張本社長、こんにちは。票の差配、お願いしますね」

花園貴子が歩み寄っている。

「先生、ここでは社長ではなく小僧正でお願いしますよ」

精悍《せいかん》な男は照れ笑いを浮かべた。

「あら私にとってはあなたはあくまでも張本社長よ。知り合ったのはここじゃなくて歌舞伎町ですもの。でも私、ホント政治家でよかったわ。そうじゃなかったら、現役ホスト時代のハリーに身ぐるみ剝がされていたと思うもの」

「人聞きの悪いこと言わないでくださいよ。あくまでも私は『光韻寺宗』の教義に従って、献金をしていただいているんです。そして先生のように教義に理解を示してくださる政治家の方には、どんどん協力する。東京城南地区の票はきちんと先生の指示通りに回します。たまには『マリス』にも顔を出してくださいよ。私としっぽり政治、仏教談義をいたしましょう」

張本がそう言うと元大臣である花園貴子は少し頬を赤く染めた。

「社長、私は『光韻寺宗』とはきちんと距離をおかせてもらいますよ。こうやって応援に来ても、あくまでも支援者団体のひとつとしての立場です」

花園はきっぱり言っている。

「まぁ、そうむきにならんでください。結果が双方にウインウインであれば、それでいいじゃないですか」

張本も理解を示した。

「それでね、社長。来月、瀬戸派の女性議員懇談会をやろうと思っているんです。熱海《あたみ》のホテルとかでね。ここは『光韻寺宗』のボランティアではなくて、ほらそちらの……」

元大臣はさらに顔を赤く染めた。

「承知しました。歌舞伎町の絶倫ホストを二十名ほど、熱海にでも箱根《はこね》にでも出張させますよ」

張本は声を潜めた。

「まぁ素敵。みんな餓えた雌猫みたいな女ばかりなので頼みますよ。その代わり都庁にも歌舞伎町をあまり虐《いじ》めないように、裏から手をまわしておきますから」

花園も小声で言う。

ふたりはウインクを交わしながら別れた。花園は民自党の街宣車へと向かっていく。張本は美奈たちが乗る街宣車へ、先に乗り込んでいった。綾野が慌てて付き添っている。

その時だった。芽以がすっと近づいてくる。美奈のポケットに封筒を入れていく。何も言わずに美奈は街宣車へと進んだ。

民自党の街宣車に胡桃沢が乗り込むのを待って、街宣車が先導する形で会館前の敷地から出た。今度は目隠しはされなかった。

「三年以内に、掘削《くっさく》まで進めますかね」

綾野が張本に聞いている。

「それは地上げ次第だ。こっちはあちこち掘れたらいいんだ。特に松永俊介の家の一帯を早く掘れと鎌倉からの厳命だ。おまえがドジるから。せっかくこっちから特攻要員をまわしたのに、取れなかったじゃないか」

と張本が舌打ちした。

「すみませんっ。私が責任をもって、一週間以内に特攻します」

綾野が頭を下げている。

「いやお前の仕事はそこじゃない。歌舞伎町で新闘会を潰すことだ。上元町も重要だが、歌舞伎町を支配することも天堂聖人様からの厳命だ。この国を変えるのに必要なことだと申されている」

「わかりました。それは必ずやります」

「おいっ、浦上、ちょっと来い」

張本は今度は浦上を呼んだ。

「はい、小僧正様！」

浦上がバスの中を飛んできた。

「町全体の地上げには、まだ時間がかかりそうだがなぜだ？」

「妙な入れ知恵をしている奴らがいるんです。マルボウか公安のようです。うちの支部の斜め前にある煙草店が六十年も前から公安の監視塔だったとは迂闊《うかつ》でした」

浦上が答えている。

「うざいな。鎌倉の聖人様が苛立っている」

「さようでございましょう。城南別院がこの地に出来たのはそのためですから」

「宗祖が満州から帰国した頃は、このあたりはすべて野原だったそうだからな」

張本は河原の上の上元町一帯を眺めていた。

美奈はこの間に、密かに紙片に目を通した。森田からの暗号伝文だった。

ホストクラブと『光韻寺宗』は繋がっているとのことだ。そして麻薬取引の捜査が大詰めを迎えているようだ。

美奈への新たなミッションが書かれていた。かなり際どい演技が必要になりそうだ。そして武器が必要になる。

そのためには、どうしても家に一度帰りたいところだ。

自分もメモをして渡したいが、筆記用具などありようもなかった。どうするべきか思案した。

バスは上元町商店街に到着した。

美奈たちの『ライトインバンド』は民自党の街宣車に移動させられた。商店街のほぼ中央。楽器店『パイプライン』と喫茶店『わからん』の間に止まっている。真下には知っている顔がそこかしこにあった。

主任の奈良林。その隣に煙草店の主がいた。山上課長も来ている。美奈の生存確認でもあろう。さすがに顔バレしている森田はいなかった。

そして鼓隊の清瀬芽以とカラーガードの福岡法子だ。ふたりとも制服を着ていた。法子もエキストラとして使われているということだ。松永結弦の顔も見えた。

知っている顔が多すぎて、なんだか演技するのが恥ずかしかった。

花園貴子が第一声を張り上げた。

「胡桃沢寅吉さんは、東京に欠かせない政治家です。どうか皆さんの手で、区議会に戻してください」

美奈たちは間合いに『コンバットマーチ』を入れた。

花園は嬉しそうだ。

上元町商店街の、ほぼ中央。街宣車はほとんど道路を塞ぐ形で止まっていた。

歓声が沸いた。動員された『光韻寺宗』の門徒士たちである。街宣車の下でビラを配っているのも、ブルーのジャンパーを着た門徒士たちだ。松永恭子もいる。要はこの街宣は、運営こそ民自党だが、動き回っているのはすべて『光韻寺宗』の門徒たちなのだ。城南別院の院長高垣や浦上、それに張本と綾野が門徒士たちに目を光らせている。

「上元町に文化ホールをぜひ建設したい！」

今度は胡桃沢寅吉が訴えた。

おそらくそれは文化ホールなどではなく『光韻寺宗』の総本山の建設なのだ。

高層ビル制限指定の変更前に、彼らは早く土地を買い漁《あさ》ろうとしているようだ。それにしても松永家を先に押さえたい意味がわからない。

「上元町を二子玉川のような商業街区として再開発するように、国と調整いたします」

胡桃沢の熱弁は続く。

美奈たちは、ここでも『コンバットマーチ』を差し込む。

門徒士たちから歓声があがる。

とにかくいまは浦上をはじめとする『光韻寺宗』のメンバーを騙すことが最優先だった。自分を信用させ、そして新たなミッションのために何としても武器を手に入れなければならない。

「それではもう一度、花園元大臣にマイクをお渡しします。国政の報告もここで聞きましょう」

胡桃沢が花園に媚びるような視線を送った。花園はちょうど背中を向けてミネラルウォーターを飲んでいるところだった。

美奈が下方を見やると芽以がつま先で地面を何度か踏んだ。リズム暗号だ。【メモ読んだか】という確認だった。

こちらの足は下からでは見えない。美奈はサックスの調子を確認する振りをして、音を鳴らした。プッとかプーという音だ。音の調子が悪いので、確認している感じで聴衆に背中を向けて吹く。実はモールス信号の長さと高さだ。

【OK。うちの父に連絡して、電子サックスを作らせてくれない】

伝わるといいのだが。

芽以は足を三度踏んだ。了解のサインだ。

花園貴子が演説を始めた。おもに国防について語っている。聴衆は、どんな話にも歓声をあげて手を振っている。まるで全体主義国家の人民のような調子だ。

「それでは、上元町の再開発計画のために、なにとぞ胡桃沢寅吉さんをよろしく」

と言って終了した。

美奈たちは再びバスに戻された。目隠しをさせられ、連れ戻された。

「花園先生はえらくバンドを気に入ってくれた」

『愛国桜友会』の建物に戻ると隊長、大門正勝に慰労された。

「ありがとうございます」

「ところで、今日の聴衆の中に公安関係者はいなかったか？」

いきなり聞かれた。テストだと思われた。こういう場合は、その場で自分の身が助かることを言えというのが、潜入刑事のマニュアルにある。

「いました。スキンヘッドの男とその横にいた老人です」

老人のほうは推量でしかない。だが、バスの中での浦上の会話から公安に違いないと感じたまでだ。そうであれば、何事が起こっても乗り切れるのではないかと思った。奈良林の方は大方、こうした質問があることは想定しているだろう。大門にじっと目を覗かれた。

「制服の女性警官は、何者かね？」

不意を突くように訊いてきた。

「所轄の交通課だと思います」

こちらはシラを切った。また目を覗き込んでくる。

「今日は、私がここに連れてこられて何日目でしょう？」

美奈は話題を変えた。動揺を隠すためと、あらたな任務の仕掛けを切り出すためだ。こんな重要なミッションをひとりでやりこなせるのか、心臓が張り裂けそうだ。

「そろそろ警視庁に戻さなければならない時期だな」

大門は淡々と言っている。

「『ワールド・ポリスバンド・コンサート』が近づいています。本来ならば私はそこに参加するメンバーのひとりでした。いまとなっては無理だと思いますが」

美奈もつとめて淡々と言ってみる。

「警察だらけのコンサートか。ぞっとするな」

大門は心底いやそうな顔をした。

「皆さんそう思うでしょうが、前夜祭なんかはハチャメチャですよ。ゲストの財界人などは、ボディーガードだらけだから、安心してここで海外の要人とゴールドの受け渡しなんかができると言っています。私にはわかりませんが、ゴールドによる貿易決裁なのだとか。そういう場所にも使われるということです」

この前夜祭に奴らを誘い込めというのが、森田からの伝言だった。

「そんなことをしているのか」

「はい、警察がこれほど集まっているところですから、安全と言えば安全です」

「なるほど」

「ひとつお願いがあります。楽器を取りに家に一度戻らせていただけませんか。電子楽器です。そのほうが手入れが要りませんし、音が一定化します。もちろんどなたか同伴してもらってもかまいません。ただし、まだうちの両親には、献金の話をしないでください。いつか私が必ず、家も売却させて差し出します。ただ、まだそのタイミングではありませんん」

嘘が見破られるのではないかと、恐怖で心臓が張り裂けそうになっている。震えながら言った。

それが功を奏したようだ。

「わかった。女性幹部をひとりつけるがいいか」

大門は美奈がほんとうに恐る恐る申し出たのだと信じたらしい。

五日後。

超美形の女が現れた。

「こちらは正仏師の松永彩子だ。海外布教担当ではマリーンとも呼ばれている。民自党の街宣協力のときに同じバスに乗った張本小僧正の直轄下で活動している。特別な布教任務だ。あんたは松永恭子を通じて入信したんだよな。彼女の娘だ」

「母もやっと、勧誘に本気になったみたいですね。よろしく」

彩子が微笑みながら手を差し出してきた。これが結弦の姉だ。

「こちらこそ」

美奈は震える手で握手した。これも結果的に真実味があった。

綾野が運転するセダン車に乗せられた。彩子が助手席で、後部席の美奈はまた目隠しされる。さらにヘッドフォンまでさせられた。彩子と綾野の会話を聞かれたくないらしい。

ヘッドフォンから音楽が流れていた。モーツァルトの管弦楽だがかなりボリュームを絞っている。

しばらくして綾野の声が聞こえてきた。何かの手違いで、音が終了してしまったのだ。

「張本小僧正から、きつく叱られた。あんたの家がどうしても欲しいらしいな」

美奈は寝たふりをした。

「うちの家が建つはるか以前、終戦直後の頃のことよ。宗祖天堂真澄大聖人様が、満州から持ち帰った隠匿物資をあのあたりに埋めたそうなの。満州の邦人銀行にあった金塊とかのようよ。私が掘って出そうにも、父と弟が頑として拒否したままなのよ。ただし、うちだけじゃないわよ。あのあたり一帯に、当時米軍と一緒にさまざまな隠匿物資を埋めたみたい。当代天堂郁人聖人様が城南別院をあの場所に建てたのもそのためよ。基礎工事のために掘削したら、純金がたくさん出てきたと。すべては、日本国再統一のために、宗祖様が考えたことだわ。そこに私の家のような淫罪をいくつも背負った者の家が建ってしまって、本当に申し訳ないわ。どんなに、お詫びしてもしきれないの」

完全にマインドコントロールされているようだ。

「マリーン正仏師はしかしよく稼いでくれるよな。尊敬するよ」

「だって隼人仏宣僧も凄く頑張っているもの。この前も三億円の保険金を納めたのでしょう。私なんてまだそこまではいかないわ」

この話は何だろう？　美奈は全神経を耳に集中させた。

「あぁ、小川明代のことだね。二年がかりで育てて、とうとう屋上に連れ出した。完全に自殺だから、隼人も腕を上げたものだ」

「その女はきっと私みたいに変われなかったのよ。隼人を本当に助けたいと思ったら、私みたいに、入信してすべてを『光韻寺宗』のために捧げると思うわ」

「ふたりともたいしたもんだよ」

綾野が言った。いや完全に狂っている。美奈はそう確信した。

都内に入ると目隠しもヘッドフォンも外された。美奈は寝起きのふりをした。

トータル二時間ほど車に揺られて荻窪四丁目の実家に到着した。周囲に暴対課の監視員がうろうろしているはずだ。

「楽器の受け取りは玄関ですませて。私も一緒に行きます」

松永彩子が助手席から降りて、後部席の扉を開けてくれた。妙な気分で実家の扉を開けた。緊張に足が震えていた。

「お父さん、電子楽器取りに来た。音楽隊のメンバーで使うのよ」

「あぁ、これだろう」

父の堀川山夫は、笑顔で迎えてくれた。玄関にすでにハードケースが三個置いてある。

アルトサックス、トランペット、トロンボーンだ。

「ありがとう。急ぐから行くね。あっ、こちらは警視庁の松永さん」

彩子を紹介した。

「美奈がいつもお世話になっております」

父は完璧に演技をしていた。楽器メーカーのエンジニアにしては出来過ぎだ。

「こちらこそ、美奈さんにはお世話になっています」

彩子も会釈した。

トロンボーンのハードケースを彩子に持ってもらい、車に戻った。車が動き出すなり、彩子が大門に電話した。

「普通に楽器を受け取りました。不審点はありません」

そう告げている。美奈は緊張が少し解けて、後部座席でぐったりとなった。たぶん、ここからは尾行車がつく。

6

日比谷のホテルだ。夜の八時をまわっている。

『ワールド・ポリスバンド・コンサート』を明日に控え、前夜祭の宴会場はごった返していた。

世界中のポリスバンドのメンバーや関係者、それに各界からの招待客が参集していた。

民自党の女性議員花園貴子もいる。

花園の推しで、美奈たちの『ライトインバンド』は、宴会場用のバンドとしてここに出演しているのだ。三人の管楽器と小太鼓電子楽器《スネアドラム》になっている。世界のプロバンドが集まっている中で、いわゆるパーティーバンドが、生楽器を吹くのは恥をさらすようなものだと理由を付けた。電子楽器はボリュームの強弱をつけられるというメリットもある。

美奈は大きく息を吸い込み『モーニン』を吹いた。

中程度のボリュームだった。

もうワンフレーズ吹く。今度はトランペットとトロンボーンも音を重ねてくる。

音楽をやる者は以心伝心だ。

立食パーティー会場には、三百人ほどがいる。半分以上は外国人だ。飛び交う言語も様々だ。各国のポリスバンドのメンバーはオリンピック選手のようにそれぞれ揃いの制服を着ているのでわかりやすい。

警視庁音楽隊はスカイブルーのパンツスーツだ。ニューヨーク市警は濃紺のジャケットに星条旗のピンバッジ。北京《ペキン》市警音楽隊は真っ赤なブレザーといった具合だ。

美奈は吹きながら、懸命に森田と奈良林の動きを追った。

その周りには暴対課の多くの刑事が紛れ込んでいるはずだ。二十名体制で臨んでいる。バンドに近いテーブルに花園貴子がいた。結構、このバンドを気にいってくれたようで体を揺すりながら聞いている。左右に張本将司、高垣幸次、浦上道彦の『光韻寺宗』の連中がいた。

三人は全員パーティー会場だというのに、大型のキャリーケースを脇に置いていた。美奈が大門に吹聴したことが功を奏したようだ。こんなところでゴールドの受け渡しをする財界人などいない。

それに気づかれないようにエキストラが何人もキャリーケースやボストンバッグを持って動き回っていた。

森田は変装している。いつか一緒に『愛国桜友会』のアジトに運ばれてきた、顔をボコボコにされた男が一緒だった。なぜかとんでもなく太った女がふたり、森田たちと話している。招待された女子プロレスラーであろうか。

快調に『モーニン』のサビの部分に突入していく。踊る外国人たちもいた。女子プロレスラー風のふたりもヒップを揺すっている。

入り口付近に立っている隼人を見つけた。地味なグレーのスーツだ。

隼人にゆっくりと森田が接近している。

美奈は息苦しくなるほど緊張した。

『モーニン』がエンディングを迎えた。

どういうわけか花園貴子が進み出てきてリクエストをしてきた。

「『ギンギラギンにさりげなく』をお願い。マッチと同世代だから急に聞きたくなって」

予定外のナンバーだがやるしかない。

美奈はバンドメンバーにキーを指示して吹き始めた。昭和アイドルの曲として練習していたのでどうにかなった。

やたら転調の多い派手な曲だ。

奈良林が人垣を掻き分けて、北京市警音楽隊の制服を着たひとりの男に接近していく。

その男はギターケースをぶら下げていた。張本のテーブルに向かっている。警察官とは言え眼光の鋭すぎる男だった。

奈良林と並んで歩いていた極道のような顔をした男が軽く頷いた。

奈良林が美奈のほうを向いた。

ちょうど転調したところだった。

美奈は吹きながら、他のメンバーたちに目配せした。ひとりずつ順にプレイを中断して耳栓を装着した。演奏は途切れない。

その様子を見て、奈良林たちも耳栓を付け始めた。

美奈が耳栓を付け終わってサックスのマウスピースに口を戻したとき異変が起きた。

北京市警音楽隊の制服を着た男が、奈良林と並んでいた極道面の男を見て、急に背中を向けて入り口に向かいだした。

それを認めた張本があわてた様子で、大きなキャリーケースを引いて、制服の男を追った。高垣と浦上も続く。

奈良林が右手を大きく上げた。

「大坂悟だな！　覚醒剤取締法違反で逮捕する」

四方八方から変装した刑事たちが飛び出してくる。すると会場にいた『光韻寺宗』の門徒士たちと思える集団が三十人ほど、刑事たちに立ち塞がろうとした。激しい揉み合いになった。

大坂悟のギターケースが開き、白い粉が飛び散った。

張本のキャリーケースも誰かに蹴飛ばされた。札束が宙を舞う。

ギンギラギンな修羅場になった。

こういう時のための仕掛けがこの楽器にしてあった。父が警視庁の暴対課の要請で作ってくれたのだ。

「せーの」

美奈は他のふたりとも呼吸を合わせた。スネアのドラマーは耳を押さえてしゃがんだ。それぞれの楽器についている赤いボタンを押しながら思い切り吹いた。

耳栓をしていても耳障りな音がはっきり聞こえた。

客がいっせいにその場に倒れ込む。

それもそのはずだ。

アルトサックス、トランペット、トロンボーンの三楽器のそれぞれの朝顔《ベル》から飛び出した音は百八十デシベルの音なのだ。人間の聴覚の限界をこえる轟音だ。三半規管が麻痺し、ハンマーで頭を殴られたような気分になる。

耳栓をしていなかった者たちはすべて倒れ込んだ。花園貴子も松永彩子もスカートを翻して床に伏していた。

ただしこの音で、死傷することはない。人質解放などに使用されるフラッシュバンという武器の音の部分だけを応用したもので、三分ほどで意識は戻る。

奈良林が中国人に成りすました大坂悟に手錠を打った。他の刑事たちも張本、高垣、浦上に手錠をかけていく。

「後藤ちゃん、ブツの回収を頼む」

極道顔の男が頷き、ギターケースの蓋を閉じようとした。そこへ森田がかけつける。

「すみません。少しだけ分けてくれませんか。どうしても許せない奴がいる。闇処理の許可は得ています」

「ならこのぐれぇだな。若造しっかり処理してこいや」

後藤はどうやら薬物担当刑事らしい。ひとつの袋を破き、森田の手のひらに山盛りの粉を握らせた。あれが小麦粉なら大きなパンが作れそうだ。

森田は入り口付近で仰向けに倒れている隼人の口の中にその粉を放り込んだ。無理やり全部放り込んでいる。

「オーバードーズで地獄に落ちろ！」

そう叫んでいる。

奈良林が張本のキャリーケースに手を伸ばそうとしたとき、森田と一緒にいた男が叫んだ。女子プロレスラーのような女たちも、その巨体を揺すって走ってくる。

「押収！　張本将司およびホストクラブ『マリス』に三十億円の申告漏れがあります。現金は押収します。うちら押収の令状をとっています。そちらは薬物をどうぞ」

アイドル俳優のような顔をした男と悪役女レスラーのような顔の女たちが、身分証明書を掲げた。国税庁の査察官のようだ。令状もきちんと提示した。

「これはまいったね。それはしょうがねぇや。持って行けや！」

奈良林はキャリーケースから手を離した。

「ちなみに松永彩子の身柄もいただきます。そちら、彼女に関しては薬物の令状ないですよね。うちら彼女にも脱税容疑で令状とっています。担いで行っていいですか」

悪役女レスラーのひとりがもう一枚令状を出した。

「しかたねぇな。持って行けよ」

奈良林はぶっきらぼうに言った。悪役女レスラー風の査察官は、軽々と彩子を肩に乗せた。美奈はほっとした。保護されたようなものだ。出てきたら弟に音楽でも習って更生したらいい。

「えっ、悠馬君て……マトリじゃなかったっけ？」

森田が素っ頓狂な声をあげた。とそのとき、わさわさと寝ていた者たちが気づき始めた。

もう一回凶器の音をだすか？

いいや、ここは音楽だ。美奈はメロディを奏でた。

母と同年齢の岩崎宏美《いわさきひろみ》の『聖母《マドンナ》たちのララバイ』。

他のメンバーも音を重ねてきた。

メロディにあわせて刑事たちが容疑者を引っ立てていく。まるでサスペンスドラマのエンディングを見ているようだった。

＊

「また庁舎で会えてよかったよ」

桜田門の十五階のスカイレストラン。

窓際の席で森田は堀川美奈とコーヒーを飲んでいた。

「私、ぜんぜん意味わかっていないんだけど」

「こっちは歌舞伎町のホストクラブに潜っていた。北朝鮮製の覚醒剤『キム・ミサイル』の内偵だった。新宿東署の後藤刑事がその元売りの大坂悟をずっと追っていた。まさか俺の潜ったホスクラ『マリス』が『光韻寺宗』の入り口だとは思わなかった」

「私は、その『光韻寺宗』とホストに家庭を崩壊された家族のために潜っていた。脱会の手立てを探るためにね」

まさか出くわすとは思っていなかった。だがあの『光韻寺宗』の横浜の倉庫と城南別院をその後も、徹底監視したところ、花園貴子の秘書や大坂悟の代理人と思われる上海工作機関の人間が出入りしているのが判明した。

双方に関連性はないが、花園貴子の遊説先に上元町商店街があることで、奈良林と後藤の勘が働いた。

あんな狭いところで街宣したら人混みができる。しかも門徒士たちで固められる。覚醒剤を受け取ってから城南別院に素早く持ち込める。

大坂にとっても、住宅街で相手側に守ってもらいながら取引するのは出てきやすかった。あの中には上海工作機関の工作員も多くいたはずだ。

なにしろ『光韻寺宗』はあの土地を買い上げた後は、中国や北朝鮮系の企業に売り飛ばす計画なのだ。

「今回はホストクラブを潰すまでしかいかなかったけどね」

潰したのは自分らではない。

森田はスマホをタップしてネットニュースを見せた。

『歌舞伎町のホストクラブで巨額の脱税発覚。経営者の資産差し押さえ。歌舞伎町に衝撃が走る』

悠馬と亜由美、千鶴は国税庁の査察官だったわけだ。通称マルサ。マトリではなくマルサだったとは。悠馬はもちろん亜由美や千鶴にも完全に騙された。潜入捜査官としては、彼らのほうが一枚上手だった。おそらく麻薬取引の情報を先に掴んだのは、風俗業界に深く潜入していた亜由美と千鶴のふたりだろう。

マルサはとにかく歓楽街で派手に金を使っている人間に目を付ける。特に現金で遊ぶ連中だ。女性の場合は風俗で大きく稼いでいることも多いが、キャバクラや高級デリヘルに平気で一晩数百万突っ込める男は、仕事が怪しい。ホストは決してそんな無駄金は使わない。そういう金の使い方をする男の多くは、賭博で大金を得たか、特殊詐欺の元締め。さもなくば薬物の仲卸《ミドル》だ。

そしてマルサは、一度目を付けたターゲットを徹底的に尾行して、金の出どころを洗う。金の摑み方が合法であるか非合法であるかは、マルサにとって重要ではない。税金を払っているか払っていないかだけが重要で、逆に言えば彼らは、税金さえ取れれば、犯罪の告発は行わない。それが詐欺や不法薬物取引による利益だったとしてもだ。亜由美と千鶴は、風俗業仲間から常に、金遣いの荒い者の情報を聞き出していたはずだ。

そしておそらく、羽振りのよい仲卸に目を付けた。それが『キム・ミサイル』を仕入れる大坂悟に繋がり、取引相手がホストクラブ『マリス』の張本将司だと推定したわけだ。

もしもこの時点でマルサが警視庁かマトリに連絡していたならば、もっと早く元売りの大坂悟の逮捕につながったかも知れない。それをせずに金の隠し場所を探すのがマルサだ。

そして『マリス』に内偵に入ったのだ。

もう一度、彼らの様子を振り返ってみたら、よく理解できた。

悠馬は森田の潜入初日から刑事だと見破りヘルプにつけた。それは下手な動きをされたくなかったからだ。あえてホストの仕事術を伝授することを優先した。考えてみれば生き馬の目を抜くホスト業界では、ありえない。

亜由美と千鶴の登場の理由はふたつある。

ひとつは、悠馬が店のナンバークラスをキープする売り上げアップのためである。千鶴が森田の売り上げに貢献したのは、悠馬の指示に違いない。

もうひとつは『マリス』そのものの利益構造の把握だ。何よりの証拠に、彼女たちはクレジットカードばかりを使用した。領収書もきちんと取っている。売り上げの証拠を得るためだ。

そしてあの朝、悠馬が店に現れた。あれは偶然だったのだ。

そして現れた理由は、いま思うと単純明快だ。店の経理データを探しに来たのだ。たぶん、森田が現れたことで、いずれ警視庁の捜査が及ぶと判断したのだろう。国税庁は仕事を急いだというわけだ。

そして百億規模の取引現場を特定しようと、森田の動きまで張っていたに違いない。

潜入同士の勝負としては完敗である。

「そしたら『光韻寺宗』の資金源や洗脳ゲートウェイも断てたということじゃない？」

美奈はあっけらかんと聞いてくる。

「そのぐらいでは巨大宗教団体は凹《へこ》まないよ。部長はどんなことをしてでも『光韻寺宗』を解散に追い込むつもりだよ。闇はまだまだ深い」

テレビではこの逮捕劇をきっかけに民自党とカルト集団との癒着が話題となり始めていた。相当数の民自党議員が、次期選挙では支援を断ることになる。癒着の話題が尾を引いて、再出馬を見送る議員も出てくるだろう。

——わかった。

組対部部長の富沢誠一は、総監を目指すよりも、ここで一気に次の総選挙に出る気だ。

警察官僚出身の大物政治家のほとんどが、光韻寺宗との関係を問われて出馬困難になるので、まさに票を一気に集められることになる。そして先輩たちを一掃して自分が警察関係の利権を総取りするつもりなのだ。だから、この件を組対で掘らせたのだ。

「でも解散命令が出ようがどうしようが、『光韻寺宗』という団体は活動できるし、信仰自体を止めることはできないでしょう」

美奈がコーヒーを飲み終えた。

「布教活動はできる。けれども宗教法人としての認可が外れると、優遇税制が使えなくなるのさ。宗教法人は広大な土地や建物の固定資産税を免除されている。お布施や寄付など、信仰心からでた金には所得税がかからない。絵馬やお札はグッズとしてとらえるのだけれど……」

そこまで言って、森田はふと思った。

──うちの部長と国税庁、組んでないよな？

「じゃぁ、私、大合奏室に戻ります。ワールド・ポリスバンド・コンサートではへまばかりやったので、ちょっとやばいんです。来週の日比谷公園定期コンサートまでにしっかり練習しなきゃ」

堀川美奈はとっとと出ていった。

残念ながら天堂郁人にまで捜査は届かない。勝負はまだ続くことになる。

本作品はフィクションであり、実在の個人・団体などとは一切関係がありません。

ダブル・カルト

一〇〇字書評

切・り・取・り・線

購買動機（新聞、雑誌名を記入するか、あるいは○をつけてください）

□（　　　　　　　　　　　　　　　）の広告を見て
□（　　　　　　　　　　　　　　　）の書評を見て
□ 知人のすすめで　　　　　□ タイトルに惹かれて
□ カバーが良かったから　　□ 内容が面白そうだから
□ 好きな作家だから　　　　□ 好きな分野の本だから

・最近、最も感銘を受けた作品名をお書き下さい

・あなたのお好きな作家名をお書き下さい

・その他、ご要望がありましたらお書き下さい

住所	〒				
氏名		職業		年齢	
Eメール	※携帯には配信できません	新刊情報等のメール配信を　希望する・しない			

この本の感想を、編集部までお寄せいただけたらありがたく存じます。今後の企画の参考にさせていただきます。Eメールでも結構です。

いただいた「一〇〇字書評」は、新聞・雑誌等に紹介させていただくことがあります。その場合はお礼として特製図書カードを差し上げます。

前ページの原稿用紙に書評をお書きの上、切り取り、左記までお送り下さい。宛先の住所は不要です。

なお、ご記入いただいたお名前、ご住所等は、書評紹介の事前了解、謝礼のお届けのためだけに利用し、そのほかの目的のために利用することはありません。

〒一〇一－八七〇一
祥伝社文庫編集長　清水寿明
電話　〇三（三二六五）二〇八〇

祥伝社ホームページの「ブックレビュー」からも、書き込めます。
www.shodensha.co.jp/bookreview

祥伝社文庫

ダブル・カルト　警視庁音楽隊《けいしちょうおんがくたい》・堀川美奈《ほりかわみな》

令和 5 年 1 月 20 日　初版第 1 刷発行

著　者　沢里裕二《さわさとゆうじ》

発行者　辻　浩明

発行所　祥伝社《しょうでんしゃ》

東京都千代田区神田神保町 3-3
〒101-8701
電話　03（3265）2081（販売部）
電話　03（3265）2080（編集部）
電話　03（3265）3622（業務部）
www.shodensha.co.jp

印刷所　堀内印刷
製本所　ナショナル製本
カバーフォーマットデザイン　芥　陽子

Printed in Japan ©2023, Yuji Sawasato　ISBN978-4-396-34861-8 C0193

祥伝社文庫の好評既刊

沢里裕二
淫爆《いんばく》 ＦＩＡ課報員 藤倉克己《ふじくらかつみ》
爆弾テロから東京を守れ！ あの『処女刑事』の著者が贈る、とっても淫らな国際スパイ小説。

沢里裕二
淫奪《いんだつ》 美脚諜報員 喜多川麻衣《きたがわまい》
現ナマ四億を巡る「北」の策謀を阻止せよ。局長の孫娘にして英国諜報部仕込みの喜多川《きたがわ》麻衣《まい》が、美脚で撃退！

沢里裕二
淫謀《いんぼう》 一九六六年のパンティ・スキャンダル
一枚のパンティが領土問題を揺るがす。蠢く大国の強大なスパイ組織に対して、体を張ったセクシー作戦とは？

沢里裕二
六本木警察官能派 ピンクトラップ捜査網
ワルい奴らはハメる！ 美人女優を脅迫者から護れ。これが秘密護衛チーム、六本木警察ボディガードの流儀だ！

沢里裕二
悪女刑事《デカ》
押収品ごと警察の輸送車が奪われた！狙った犯人を絶対に逃さない女刑事黒須路子の㊙作戦とは？ 極悪警察小説。

沢里裕二
危《あぶ》ない関係 悪女刑事《デカ》
警察を裏から支配する女刑事黒須路子。ロケットランチャーをぶっ放す、神出鬼没の不良外国人を追いつめる！

祥伝社文庫の好評既刊

沢里裕二
悪女刑事《デカ》 無法捜査
警察を裏から支配する女刑事黒須路子が、はぐれ者を集め秘密組織を作った。最凶最悪の半グレの野望をぶっ潰す！

沢里裕二
悪女刑事《デカ》 東京崩壊
緊急事態宣言下の東京で、キャバクラの爆破や略奪という不穏な事件が頻発。謎の組織の暗躍を摑んだ悪女刑事は……。

沢里裕二
悪女刑事《デカ》 嫉妬《しっと》の報酬
悪女刑事・黒須路子の後ろ盾が死んだ。飛び降りたカップルの巻き添えを食ったのだ。それが周到な罠の幕開けだった。

沢里裕二
女帝の遺言
悪女刑事《デカ》・黒須路子

違法上等！ 暴発捜査！ 手が付けられない刑事、臨場。公安工作員拉致事件の背後に恐ろしき戦後の闇が……。

沢里裕二
帝王に死を
悪女刑事《デカ》・黒須路子

恐喝、拉致、暴行当たり前。闇の暴力装置が暴走を始めた。芸能界の暗部を探るため、悪女刑事が潜入捜査する！

沢里裕二
悪女のライセンス
警視庁音楽隊・堀川美奈

罪なき人を次々と毒牙にかける特殊詐欺。その黒幕に迫るべく、「ド新人」捜査員・堀川美奈が疾走する！

祥伝社文庫の好評既刊

安東能明

彷徨捜査

赤羽中央署生活安全課

赤羽に捨て置かれた四人の高齢者の身元を捜す疋田。お国訛りを手掛かりに、やがて現代日本の病巣へと辿りつく。

安東能明

聖域捜査

いじめ、ゴミ屋敷、認知症、偽札……理不尽な現代社会、警察内部の無益な対立を鋭く抉る珠玉の警察小説。

安達　瑶

内閣裏官房

忖度、揉み消し、尻拭い――超法規措置でニッポンの膿を処理する。陸自出身の武闘派女子が秘密組織で大暴れ！

安達　瑶

政商　内閣裏官房

政官財の中枢が集う〝迎賓館〟での惨劇。内閣裏官房が暗躍し、相次ぐ自死事件を暴く！

沢村　鐵

極夜1　シャドウファイア

警視庁機動分析捜査官・天埜《あまの》唯《ゆい》

捜査一課の隼野《はやの》は、奇妙な女性捜査官天埜《あまの》と渋々チームを組む。だが凄絶な放火事件捜査に国家権力の圧力が……。

沢村　鐵

極夜2　カタストロフィスト

警視庁機動分析捜査官・天埜《あまの》唯《ゆい》

放火大量殺人の実行犯を検挙したのも束の間、犯行グループから予告状が。暗号は、現役大臣殺害を示唆していた！

祥伝社文庫の好評既刊

沢村 鐵　**極夜3 リデンプション**　警視庁機動分析捜査官・天埜《あまの》唯《ゆい》

今度のテロの標的は、官邸――。ついに霞が関で同時多発テロが勃発する。国家のモラルを問う三部作、堂々完結！

河合莞爾　**スノウ・エンジェル**

究極の違法薬物〈スノウ・エンジェル〉を抹消せよ。全てを捨てた元刑事が孤軍奮闘す！

松嶋智左　**開署準備室**　巡査長・野《の》路《じ》明良《あきら》

姫野署開署まであと四日。新庁舎で不可解な出来事が次々と起こるなか、失踪した強盗犯が目撃されて……。

松嶋智左　**黒バイ捜査隊**　巡査部長・野《の》路《じ》明良《あきら》

不審車両から極めて精巧な偽造免許証が見つかった。運転免許センターに左遷された野路明良が調べを始める！

南 英男　**怪死**　警視庁武装捜査班

天下御免の強行捜査チームに最大の難事件！ ブラック企業の殺人と現金強奪事件との接点は？

南 英男　**突撃警部**

心熱き特命刑事・真崎航のベレッタ92FSが火を噴くとき――警官殺しの裏に警察をむしばむ巨悪が浮上した！